내 이름은 베또

응우옌녓아인 지음 | 정예강 옮김

59mins

베또가 누군지 아니?

털이 새카만 내 친구야.

뭐? 아직도 베또를 모른다고?

정말 그 사고뭉치를 모른단 말이야?

그럼 나랑 같이 가자!

틀림없이 너도 베또를 좋아하게 될 거야.

너도 알잖아! 나쁜 녀석이랑 있으면

심심할 틈이 없다는 걸....

베또가 집에서 기다리고 있을 거야.

너는 사람이고 우리는 강아지이지만

뭔가 통하는 게 있을 거 같아.

재밌겠다! 어서 가자!

내가 찾은 재밌는 일

삼백이십오 가지를 알려줄게!

베또랑 같이 하자! 어서 와!

l

내 이름은 '베또'다. 린 누나가 지어준 이름이다. 그런데 맨 처음에 내 이름은 '베베또'였다. 베베또가 무슨 뜻인지 아는 친구가 있으려나? 아마 아기용품 브랜드 이름이라 생각하겠지? 땡! 틀렸다. 브라질 축구팀 선수의 이름이다. [Bebeto를 베트남에서는 '베베또'라 읽는다]

누나가 내 이름을 지어준 날은 정확히 1994년 7월 17일이다. 그날은 브라질 선발팀이 제15회 월드컵 우승을 차지한 날이었다. 그리고 내가 '우리 집'에 첫발을 디딘 날이기도 하다. 당연히 지금도 그 집에서 살고 있다. 여전히 내 집인 것은 물론이고 현재 거주 중인 곳이다.

이렇게 사는 곳을 분명하게 말하는 데는 다 이유가 있다. 평소 '우리 집'이라는 두 단어가 떠오르면 사람들은 집이 멀리 떨어져 있다고 생각하기 때문이다.

집이 백 미터 정도만 떨어져 있어도 이렇게 생각하면서 걱정한다.

'비가 많이 오네. 집에 물이 새지는 않을까?'

천 미터 정도 좀 더 멀리 있으면 슬퍼하며 말한다.

'집에서 다들 뭐 하고 있을까?'

지구 반대편에서는 울먹이며 이렇게 생각한다.

'언제 집에 갈 수 있지?'

마을에서 멀리 떨어진 누나 할머니 고향을 방문한 날, 할머

니는 흐느껴 울면서 그렇게 말씀하셨다. 그때 나는 탁자 밑에서
엎드린 채 뼈다귀를 씹고 있었다.

2

베베또! 이름이 정말 재밌지? 하지만 좀 길다.

처음에는 누나가 이렇게 불렀다.

"베베또"

잠시 후 누나 오빠가 나를 이렇게 불렀다.

"브…. 베또"

이번에는 누나 아빠, 엄마가 이렇게 불렀다.

"베또"

다들 알다시피 사람들은 나이가 들수록 적게 말하고 더 많이
생각한다. 그래서 나는 '베또'가 되었다. 천만다행히도 누나 할머
니가 잠시 놀러 왔다가 가서 나를 부르지 않으셨다. 안 그랬다
면 내 이름은 더 짧아졌겠지.

"또" [여기서 베트남어 'tô 또'는 베트남어 방언으로 '그릇'이라는 단어를 줄인 말이다]

만약 그랬다면 정말 우스웠을 거다.

3

누나만큼 축구에 푹 빠진 사람을 본 적이 없다. 나는 그 놀이를 잘 안다. 축구에 관심 없는 사람보다 더 정확하게 안다. 축구는 스물두 명이 두 패로 나뉘는 놀이다. 팀별로 다른 색 옷을 입어서 구별하기 쉽다. 그런 후 두 팀은 공이라 불리는 둥근 물건을 차지하려고 싸운다. 그리고 스물세 번째 사람은 호루라기를 입에 물고 촐랑촐랑 따라다니는데 바로 심판이다.

우리 강아지도 축구처럼 시끌벅적한 놀이를 좋아한다. 하지만 우리는 공 대신 뼈다귀를 놓고 서로 차지하려고 다툰다. 때로는 아주 작은 물고기 꼬리를 놓고 쟁탈전을 벌인다. 당연히 우리는 축구처럼 두 편으로 나누지 않는다. 그래서 패가 무수히 많다. 강아지 다섯 마리가 있으면 다섯 패가 되고 거기다 다섯 마리가 더 달려들면 열 패가 된다. 심판도 필요 없다. 한데 뒤엉켜 놀다가 자신을 심판이라 자칭하는 녀석이 불쑥 일어나 위엄 있게 말만 하면 된다. 그런 후 녀석도 곧바로 다른 한패가 되어 놀이에 합류한다.

우리는 공보다 뼈다귀의 매력에 더 끌린다. 먹을 수 있기 때문이다. 그래서 축구 선수보다 백 배나 더 격렬하게 싸운다. 눈물을 글썽이는 날이 많고 가끔 피도 맺힌다. 집 지킬 때 바닥에 엎드려서 낑낑대는 데는 다 이유가 있다.

예나 지금이나 단지 먹거리 때문에 전쟁이 발발한다. 그런데 사람들은 매번 고귀한 일로 그 사실을 덮으려고 한다.

4

1994년 브라질팀이 월드컵에서 우승컵을 차지한 날이었다. (우리 강아지가 뼈다귀를 쟁취했을 때처럼) 누나가 어떻게 높이 뛰는지를 봤다. 그리고 4년 후, 누나가 좋아하는 팀이 프랑스전에서 패배한 날, 누나가 침울해하는 모습도 목격했다. 누나는 온종일 어떤 음식도 먹지 않았다. 사흘간 자지도 않으면서 내내 울기만 했다. 프랑스 선수 지단을 '얄미운 대머리', 프랑스 축구팀 감독인 에메 자케를 '미친 노인'이라 불렀다.

아빠가 말했다.

"한 입만 먹어봐."

누나가 고개를 젓는다.

엄마가 애원하듯 말했다.

"한숨 자."

이번에도 누나는 고개만 젓는다.

결승전 전날 아침, 누나와 아빠는 신문에다 코를 박고 기사를 읽었다. 결승전 후, 아빠는 현관문 앞에서 이부자리를 펴고 잤다. 다음날 새벽에 문틈 사이로 쑥 들어오는 신문을 막기 위해서다. 눈을 비비고 서둘러서 신문을 읽은 아빠는 갑자기 종이공을 만든다. 마구 구겨진 신문지가 쓰레기통으로 골인이 된다.

차마 누나에게 신문을 보여줄 수가 없었나 보다. 우승팀으로 등극한 상대 팀만 치켜세우는 기사로 가득한 신문을. 하지만 내가 쓰레기통 속 둥근 신문지를 꺼내서 장난치기도 전에 누나가 주워갔다. 퇴근하고 돌아온 아빠의 몸이 굳어 버렸다. 구겨진 신문을 읽는 데 열중해 있는 누나 모습을 봤기 때문이다.

(강아지인 나도 아는데) 아빠가 모르는 사실이 있다. 스포츠에서는 언제나 원한보다 사랑이 더 크다는 사실을 말이다.

5

누나 아빠는 모르는 게 참 많다. 예를 들면 우리 강아지 세계에서는 언제나 고집불통에다 뭐든지 깨부수는 강아지가 매력 있다. 말 잘 듣는 강아지보다 훨씬 매력적이다. 왜 그런지 설명하긴 쉽지 않다. 내가 가장 좋아하는 놀이는 씹을 수 있는 건 뭐든 씹고 찢을 수 있는 건 다 찢는 거다. 뭐든지 눈에 띄는 즉시 주둥이 속 이빨이 근질근질해진다.

사람들이 "고양이한테 생선가게를 맡긴다."라는 말을 하는 걸 들어본 적이 있다. 대수롭지 않은 그 무리에게 딱 맞는 말이다. 우리 강아지는 그렇지 않기 때문이다. 생선 따위는 우리 강아지에게 책, 시계, 신발만큼 언제나 매력적이지 않다. 슬리퍼 한 짝을 씹어봐! 씹는데도 씹는 느낌이 무디다면 이빨로 꽉 문 채 고개를 세차게 젓고 또 씹으면 된다. 정말 매혹된다. 이 엄청난 느낌을 설명하자면 스테이크 한 조각을 시식하는 기분과도 같다. 그리고 생선가게를 지키는 서민 고양이의 소소한 행복이라고도 할 수 있다.

스테이크 조각은 순식간에 뱃속으로 들어가 버리지만, 신발 한 짝이나 책 한 권은 그렇지 않다. 내 곁에 남아서 지칠 때까지 같이 논다. 지저분해지거나 이빨 자국으로 너덜너덜해질 때까지 그렇게 논다.

6

내 성적은 정말로 대단하다. 집에 오자마자 공책 여덟 권과 책 열두 권을 찢었다. 다양한 시계 네 개를 고장 내고 신발 다섯 켤레와 슬리퍼 여섯 켤레를 신을 수 없게 만들었다. 게다가 우리 집에 있던 수천 켤레의 양말을 사라지게 했다. 이 일은 우리 동네 강아지들의 빈틈없는 합작의 성과였다.

누나 아빠가 어깨를 으쓱대며 말한다.

"짓궂은 녀석!"

누나 엄마는 고개를 저으며 말한다.

"분명 도둑의 짓일 거야!"

누나가 내 머리를 쓰다듬으며 말한다.

"베또가 더 크면 그러지 않을 거예요."

누나 집에 놀러 온 증조할머니는 틀니 없이 씩 웃으신다.

"강아지가 강아지지! 말썽 피우지 않는 강아지는 내다 버려!"

침대 밑에 엎드린 채 눈치만 보다가 감동했다. 그래서 할머니 다리에다 코를 문질렀다. '할머니 말씀이 맞아!'라고 크게 외치고 싶었지만 무언가가 나의 입을 막아 버렸다.

어느새 내가 집 한가운데에 서 있다. 숨어 있다가 언제 밖으로 기어 나왔는지 모르겠다. 아마 흥분된 감정에 이끌려서 나왔을 거다. 나에 대해 말하는 사람은 없다. 하지만 모든 시선이 조용히 나를 향하고 있다.

7

말썽 피우지 않는 강아지는 내다 버려야 한다. 누나 증조할머니의 말씀이 옳다. 물론 너무 지나치게 촐랑대다가 버림받은 강아지도 있다. 이쯤에서 몹시 춥고 황량한 세계를 소개하고자 한다. 왜 이렇게 말하는지 궁금하지?

내가 말하는 춥고 황량한 세계는 바로 옷과 바지가 있는 곳이다. 이미 들어서 알겠지만 나는 내 실력을 자부한다. 슬리퍼, 공책, 양말, 시계까지 아주 많은 물건을 망가뜨렸다. 아! 최근의 인상적인 사건도 말해줘야겠다. 바로 어제였다. 나의 활약으로 아빠가 들고 있던 휴대전화가 영원히 쓰레기통의 밥이 될 뻔했다.

이처럼 많은 성과를 이루었지만, 옷과 바지가 무척 탐난다. 사람들이 옷걸이에 걸어 두기 좋아하는 물건이어서 아직 입에 넣어보지 못했기 때문이다. 사람들 취향은 정말 독특하다. 저 위에 걸려있는 옷을 아래로 끌어내리기에는 내 몸이 너무 작다.

가끔 사람들이 방심하고 내 앞에서 맴돌 때 잠시 바짓단을 씹어볼 수는 있다. 하지만 그 정도로는 간에 기별도 안 간다. 아직 흡족할 만큼 옷과 바지를 씹어보지 못했다. 그럴 때마다 몹시 속상하다. 누구나 하고 싶은 일을 마음껏 못할 때 자유를 박탈당한 것 같은 느낌을 경험했을 거다.

8

여기서 옷과 바지가 중요한 게 아니다. 옷과 바지는 단지 자유를 실현하기 위한 수단일 뿐, 마음껏 씹지 못할 때마다 자유의 소중함을 기억하기 위한 매개일 뿐이다.

나한테 한 가지 계획이 있다. 옷과 바지에 닿을 기회가 오지 않아서 방법을 생각해냈다. 우선 집에 아무도 없을 때를 기다렸다. 벽에 고정된 옷걸이 쪽으로 슬그머니 가서 아기 의자를 벽에 바짝 밀어붙였다. 그런 후 의자 위에서 팔딱팔딱 뛰었다. 하지만 결과는 여전히 절망적이다. 의자 위에서 뛸 때 옷걸이에 걸린 옷과 내 코와의 간격은 그리 멀지 않았다. 간격이 고작 누나 손으로 한 뼘 또는 운 좋으면 반 뼘 정도일 때도 있었다. 투명한 벽 같은 간격이 내가 얼마나 작은지를 실감하게 한다.

벽에 걸린 옷과 여러 번 씨름했지만, 아무런 성과도 얻지 못했다. 허탈하다. 결국 맨살이 불에 덴 듯 머리끝에서 발끝까지 뜨거워진다. 강아지 자존심에 불이 붙었다. 눈에 쌍심지를 켜고 전력을 다해 온몸을 던졌다. 드디어 원하던 목적지에 도달했다.

하지만 아주 잠깐 맛본 기쁨이 무색하게도 바지를 덥석 문 채 추락했다. 완전히 균형을 잃고 바지보다 더 빨리 떨어졌다. 공중에서 새처럼 잠시 허둥댄 후 달걀로 바위 치듯 화분에 사정없이 부딪혔다.

피가 솟구쳤던 거로 기억한다. 깨갱거리면서 잠시 눈을 떴을 때 붉은빛이 눈에 들어왔다. 바닥에서 굽이굽이 흐르고 있었다. 눈이 스르르 감기기 전에 아파하면서 이렇게 생각했다.

'자유를 누리고 싶었을 뿐인데…. 피를 보게 되다니….'

9

누나가 집에 왔다. 눈도 뜨지 못하고 꿈속에서 끙끙 앓고 있었다. 꿈속에서 부드럽고 따스한 팔이 나를 들어 올려 품에 안았다. 담요처럼 푸근한 바닥 위에 살며시 눕히는 것이 온몸으로 느껴진다. 따뜻한 솜뭉치 열 개가 머리 위에서 스멀스멀 기어 다녔는데 바로 누나 손가락이었다.

"아유, 바보 같은 우리 강아지…."

누나가 이렇게 말하는 거 같다. 아니면 내가 그런 말을 들은 거로 착각하는지도 모르겠다. 잠시 후, 머리 통증이 조금 누그러진 거 같았다. 그런데 누나가 발라준 약이 너무 따가웠다. 마치 시뻘겋게 달군 철판으로 내 살을 꽉 누르는 듯했다. 아무튼 너무 아플 때 이렇게 진심으로 걱정해주는 말을 들으면 마음이 따뜻해진다. 그리고 순식간에 아픔이 사라지게 된다. 역시 마음이 담긴 말 한마디가 수백 가지 약보다 훨씬 낫다.

그날 이후, 옷 한 벌과 바지 한 벌이 바닥 위에 놓여있다. 유심히 살펴보니 누나가 꺼내놓은 낡은 옷과 바지다. 누나는 내가 옷걸이에 걸린 옷으로 자유를 정복하려다 다치는 것을 원하지 않는 것 같다.

I0

오늘은 누나의 증조할머니 댁을 방문하는 날이다. 할머니 댁은 깊숙한 골목길 안쪽에 있다. 울타리로 빙 돌린 할머니 댁의 마당 입구에는 빨간 부겐빌레아 덩굴 꽃이 수북하다. 강아지라면 누구나 홀딱 반하게 되는 놀이가 있다. 그중 하나가 울타리 밑 작은 구멍으로 드나드는 것이다. 누나 품에 안겨서 주변을 휙 둘러보다가 울타리 구멍이 눈에 쏙 들어왔다. 이 엄청난 놀이를 발견한 나 자신을 속으로 대견해했다. 울타리 뒤쪽에는 쭈글쭈글한 사과처럼 생긴 구아바 나무와 튼실한 장미처럼 생긴 로즈 애플 나무가 각각 한 그루씩 심긴 작은 뜰이 있다. 두 나무 모두 열매를 많이 맺었다고 한다. 하지만 전날 밤 강한 바람에 열매들이 우수수 떨어져 버렸다. 할머니 댁의 뜰이 깨진 별 조각으로 촘촘히 박힌 푸른 밤하늘 같다.

누나는 할머니를 무척 사랑한다. 아무리 같은 반 친구라 해도 할머니를 대신할 수 없기 때문이다. 누나 할머니만큼 연세가 드신 다른 분들은 일찍 돌아가셨다. 집에 놀러 온 누나 친구들이 할머니와 마주치게 될 때마다 누나는 자랑하듯 할머니를 소개한다.

"내 할머니야!"

그럴 때마다 누나 친구들은 눈을 말똥말똥하게 뜨고 입을 떡

벌린다. 그리고 나직이 속삭이면서 발끝으로 살금살금 지나간다. 집 모퉁이에 앉아서 그 광경을 지켜봤다. 누나 친구들이 호기심 가득한 시선으로 힐끔힐끔 할머니를 쳐다본다. 마치 백 년 전에 세워진 사당을 보는 사람처럼 표정에서 존경심이 배어난다. 역시 증조할머니는 존재감만으로도 엄청 경이롭다.

‖

누나 증조할머니는 사랑이 넘치는 분이다. 할머니 댁의 대문 앞에 도착하기도 전에 냄새로 눈치챘다. 역시나 할머니 댁에는 네 마리 강아지와 세 마리 고양이가 있었다. 할머니는 모두에게 이름을 지어주셨는데 사람 이름 같다. 아마 이것이 할머니만의 애정 표현일 거다.

"황구!"

할머니 댁에 도착했을 때, 할머니가 누군가를 부르며 찾으셨다. 선반 꼭대기에서 몸을 돌돌 말고 누워있던 삼색 털 고양이 한 마리가 반응을 보인다. 고양이 이름일 거라 전혀 예상하지 못했다. 할머니 목소리를 들은 후 깡충 뛰어 내려와서 어리광을 피우며 할머니 품에 와락 안긴다. 알고 보니 '황구'는 어린 암컷 고양이다. 사내 냄새를 풀풀 풍기는 이름과는 영 딴판인 앳된 고양이를 보니 웃음이 절로 터진다. 하지만 황구는 자신과 어울리지 않는 그 이름에 조금도 신경 쓰지 않는다. 할머니 마음을 사로잡고 있다는 것에 만족하기 때문이다. 황구가 주변 시선은 전혀 신경 쓰지 않는다는 모습으로 태연하게 실눈을 뜨고 있다.

고양이를 향한 할머니의 특혜는 강아지 무리의 핏대가 바짝 서게 한다. 지난여름에 있었던 일이다. 할머니 댁의 네 마리 강아지가 불법 침입자를 대하듯 나를 쳐다봤었다. 내 주변을 빙빙 돌며 킁킁 냄새를 맡고 열심히 경계했건만 적대감을 주기에는 역부족했었다. 그 모습이 인상 좋은 배불뚝이 신사처럼 보였기 때문이었다.

고양이가 할머니 품에서 몸을 둥글게 말고 "그르렁 그르렁" 부드러운 소리를 낸다. 상쾌한 기분에 젖게 하는 소리다. 강아지 녀석들은 그 소리를 듣는 즉시 나를 뒤로한 채 잠시 가만히 서 있다. 그러다 일동 소파 앞으로 우르르 몰려간다. 고개를 빳빳이 치켜들고 할머니 품에 안긴 고양이를 째려본다. 멀리 있어서 강아지들의 얼굴을 보지는 못했지만 모두 눈에 불을 켜고 있음이 틀림없다.

특별 대우를 받는 한 녀석은 자연히 다른 이들에게 눈엣가시 같은 존재가 되고 만다. 하지만 미움받는 녀석이나 그를 싫어하는 다른 녀석들이나 모두 똑같다. 두루두루 잘 살펴보면 그렇게 미워할 만큼 나쁜 녀석은 없다는 것을 알게 될 거다.

12

할머니 집 강아지 무리 중에 '범구'라는 녀석이 있는데 제일 어려서인지 아주 앙칼지다. 녀석은 나보다 몇 개월 빨리 태어났다. 보통 나이가 들수록 세상만사가 귀찮고 따분하다고 생각한다. 하지만 범구와 내 나이 때에는 그렇지 않다. 일단 원하는 일은 생각과 동시에 바로 해야 한다. 그러고 나서 고통과 양심의 가책 속에서 왜 그랬는지를 생각한다. 그런데 아주 잠시 반성할

뿐이다. 사고 친 일을 금방 잊어버린다는 게 우리에게 얼마나 다행인지 모른다. 사람들은 이런 행동을 보면 흥분했다고 하던데 그게 맞는 거 같다. 그리고 흥분이 아이들뿐만 아니라 시인과 혁명가에게도 있는 고귀한 감정이라고 생각한다.

범구가 껑충껑충 뛰면서 소파 위를 먼저 차지하려고 몸을 날린다.

"안돼, 범구!"

할머니가 애정 담긴 목소리로 소리치신다. 달콤한 사랑싸움처럼 보인다. 범구가 할머니 목소리를 듣자마자 바닥에 엉덩이를 대고 살랑살랑 꼬리를 흔든다. 저쪽에 있던 세 마리 녀석들도 앉아서 꼬리를 마구 흔들어댄다.

때때로 말보다 목소리가 백 배나 더 중요하다. 사람들은 목소리로 정감을 표현하기 때문이다. 이런 경우에 말은 단지 껍데기에 불과하다(전달하려는 내용은 그다지 중요하지 않다). 어떻게 생각할지는 모르겠지만 정말 그렇다고 생각한다. 우리도 똑같다. 물론 우리는 목소리가 아니라 꼬리로 친근감을 나타낸다.

13

범구가 누나를 따라 우리 집에 놀러 가기로 했다. 그런데 범구가 심하게 발버둥 친다. 계속 바동거려서 누나는 범구를 어떻게 안아야 할지 몰랐다. 녀석을 바닥에 내려놓으니 전생에 사자였다는 듯이 사납게 난동 부린다. 결국 증조할머니는 범구 때문에 누나와 같이 우리 집에 가기로 했다. 할머니가 그 고약한 녀석을 팔로 안은 채 이동 수단 중 하나인 시클로 위에 사뿐히 앉으신다. 할머니 품에 안긴 범구는 세상 얌전하다.

그렇게 난리를 쳤던 녀석이 우리 집에 오니 매우 만족해한다. 범구에게 옷과 슬리퍼 씹는 놀이를 알려줬다. 노는 모습을 지켜보니 예사롭지 않다. 나는 딱 알아봤다. 범구는 이 분야의 숨은 명인인 게 틀림없다. 노는 실력이 나보다 한 수 위인 녀석은 내가 맡지 못했던 냄새를 쫓아가더니 용케도 비누 조각을 찾아낸다.

범구가 나랑 질리도록 놀고 난 후, 문득 집 안에 할머니가 없다는 사실을 알아차린다. 녀석이 이리저리 뛰어다니면서 할머니를 찾아 헤맨다. 나는 할머니가 대문 밖을 나서시는 뒷모습을 봤었다. 그래서 허둥대는 범구 모습이 안돼 보인다.

14

그 후로 범구는 식욕을 잃었다. 우리 집에서 한 끼도 먹지 않았다. 부엌에 누워만 있는 범구의 코앞에다가 밥그릇을 놓아두어도 냄새 맡긴커녕 꿈틀거리지도 않는다. 마치 강아지 모양의 목제 인형을 눕혀놓은 듯하다. 저녁이 되어도 마찬가지다. 범구는 우울한 표정의 가면을 여전히 쓰고 있다. 녀석이 살아갈 이유를 상실한 거처럼 보인다.

내 밥그릇을 싹 비운 후 천천히 범구 곁으로 다가갔다. 녀석 앞에 떡하니 놓인 밥그릇을 슬쩍 넘봤다. 배부른데도 녀석 밥그릇이 탐나서 계속 껄떡거리게 된다. 범구 밥그릇은 강아지 왕을 위한 특식이라 해도 과언이 아니다. 먹음직한 새우와 생선이 가득한 데다 돼지 간을 으깨서 만든 파테와 돼지 소시지인 짜루어도 있다. 복에 겨운 녀석한테서 이때껏 이러한 진수성찬은 본 적이 없다. 심지어 누나도 이렇게 먹어보지 못했을 거다.

내가 아는 범구는 결코 끼니를 거르는 강아지가 아니다. 할머니 집에 있을 때, 녀석은 풍족하게 먹지 못하고 아주 소박하게 지냈다. 생선 뼈와 온갖 음식이 뒤섞인 밥그릇에다 같이 사는 세 마리 강아지와 함께 코를 처박고 밥을 마구 뒤지면서 궁상맞게 다투며 먹던 범구 모습을 봤었다. 그러나 지금 범구는 어마어마한 진수성찬 앞에서 원하는 걸 모두 가진 왕처럼 흐뭇해하는 모습이 전혀 아니다. 범구는 비록 소박하고 누추해도 할머니와 평안하게 살던 곳으로 돌아가고 싶어 하는 거 같다.

15

범구가 끼니를 거부한 지 이틀이 지났다. 결국 누나가 수화기를 들고 할머니한테 전화한다. 누나가 수화기를 내려놓자마자 범구가 공중제비를 돈다. 세 번 구른 후 넘어져서 바닥에 탁 부딪힌다. 바닥에 깔아놓은 매트처럼 가만히 누워만 있던 녀석이 매트를 돌돌 마는 모습과 흡사하게 데굴데굴 굴러다닌다. 열 바퀴를 더 돈 후 의기 충만하게 책걸상 아래와 침대 밑 등 모든 곳에 들어갔다가 나온다. 막 날뛰느라 몸이 아플 만한데도 낑낑대는 소리를 단 한마디도 내지 않는다. 이런 경우에는 사람도 아픔을 느끼지 못할 거다.

할머니를 기다리는 동안 범구는 몇 번이나 고꾸라져도 두 발로 꼿꼿하게 서서 창밖을 내다본다. 범구가 너무 기뻐서 울부짖으며 정신없이 꼬리를 흔들어댄다. 할머니를 애타게 기다리는 범구 모습은 정말 감동이다.

나도 그럴 거 같다. 만약 내가 살던 익숙한 곳에서부터 다른 곳으로 옮겨진다면 틀림없이 나도 범구처럼 우울했을 거다. 그러고 보니 의기소침해져서 시무룩하게 있는 모습은 백합꽃이 시들어서 고개가 탁 꺾인 모습과 많이 닮은 거 같다.

16

하하, 아주 재밌는 일이 있다. 내가 봤는데 누나가 엄마한테 호되게 매 맞았다. 누나가 학교 반 친구들과 놀러 나갔던 날이었다. 그날은 누나가 어둑한 밤이 되어서야 집에 왔다. 밤 10시에 누나가 집에 오길 기다리면서 안달복달하는 아빠와 나갔다 들어왔다 하기를 반복했었다. 그때 나는 아빠 뒤를 졸졸 따라다녔다. 강아지 직감으로 그렇게 걱정할 일이 아닐 거로 생각했다. 하지만 누나 엄마와 아빠의 불안한 마음을 진정시킬 방법이 떠오르지 않았다. 그때 유일하게 누나 가족과 같이 '들락날락 놀이'를 할 수 있었다. 내 뒤를 따라다니는 꼬리처럼 누나 엄마, 아빠 꽁무니를 따라다녔다.

누나는 밤 11시 20분에 집에 도착했다. 바로 문 앞에서 누나를 맞이했는데 누나 엄마 표정에 분노와 기쁨 그리고 울음이 동시에 나타났다. 감정이 매우 복잡해 보였다. 아빠는 딸을 잃어버리지 않았다는 안도감에 잠시 뒤로 물러서 있었다. 아빠는 온갖 감정들과 싸우느라 지쳐서 얼굴에 주름이 하나 더 생겼다.

17

"왜 인제야 집에 들어와?"

누나 엄마가 물었다. 엄마는 덜덜 떨리는 목소리를 감추기 위해 무척 애를 쓰는 모습이었다.

누나가 집에 늦게 온 이유를 설명하다가 깨달았다.

"왜 집에 전화를 안 했지?"

누나가 노느라 깜박한 것이다.

"아니, 깜박할 게 따로 있지! 혼나야 정신 차리지!"

누나 엄마가 세게 말했다. 엄마 표정은 절대 농담이 아니라고 확실하게 말하고 있었다. 엄마가 집 밖으로 나갔다. 잠시 후 닭털 빗자루를 손에 꽉 쥐고 들어왔다.

"어떻게? 이렇게?"

"그래."

누나는 닭털 빗자루로 엉덩이를 맞으려고 얼른 소파 위에 엎드렸다.

나는 발끝으로 살금살금 뒤로 물러나 구석에서 마음을 졸이며 눈을 크게 뜨고 지켜봤다. 심장이 멈추는 줄 알았다. 사랑하는 사람이 고난에 맞닥뜨릴 때 누구나 나와 같은 마음일 거다. 그때는 정말 지옥 같았다.

18

누나 엄마가 손에 빗자루를 쥐고 물었다.

"회초리 몇 대 맞을 거야?"

"음…. 세 대요."

누나 목소리가 집 안의 정적을 깼다. 케이크를 만들 때 설탕 몇 스푼을 넣어야 할지를 의논하듯 덤덤하게 말하는 모습은 마치 엄마와 역할이 바뀐 거처럼 보였다.

"한 대면…. 충분하지 않을까?"

누나 아빠는 손수건으로 입을 가린 채 쉰 목소리로 말했다. 회초리가 휙 소리를 내며 내려올 때마다 아빠가 얼마나 마음을 졸이는지 느껴졌다. 아빠 뒷모습을 멀리서 지켜보는데도 아빠 표정이 머릿속에서 생생하게 그려졌다.

그런 상황 속에서도 여전히 생기 넘쳐 보이는 누나 모습은 참으로 아이러니했다. 아빠 못지않게 엄마도 자신을 무척 사랑한다는 사실을 누나가 아는 듯했다. 단지 엄마는 아빠보다 더 용감하기에 대담하게 부모로서 책임을 다할 뿐이었다.

19

누나가 "바주 아저씨" 이야기를 해줄 거라고 한다. '방금 혼쭐났으면서 왜 생뚱맞게 이러는 거지? 덜 혼났나?'라고 속으로 생각했다. 아무튼 이야기가 무척 기대된다는 눈빛으로 누나를 봤다. 그리고 누나 품 안으로 쏙 파고들었다. 누나한테 꼭 안기고 싶어서 불쌍한 강아지처럼 낑낑거렸다.

누나 이야기는 이렇다. 바주 아저씨는 유명한 고위 관리였다. 집 밖에서는 위엄 있는 모습이지만 집 안에서는 여전히 엄마를 무서워했다. 잘못을 저지를 때마다 소파 위에 엎드려서 엄마한테 매를 맞았기 때문이다. 아저씨는 자신의 잘못을 잘 알아서 매번 울지도 않고 회초리 고통을 꾹 참았다. 그러던 어느 날, 아저씨가 매를 맞다가 엉엉 울었다.

아저씨의 엄마가 놀라서 물었다.

"이때껏 한 번도 안 울더니…. 오늘은 매 맞는 게 억울해?"

아저씨는 코를 훌쩍거리면서 답했다.

"어머니, 그런 게 아닙니다. 매를 맞는 아픔으로 어머니께서 건강하시다는 걸 알 수 있었습니다. 하지만 이번에는 매가 너무 약해서 어머니 건강이 걱정되어 눈물이 멈추지 않습니다."

누나가 기분 좋게 이야기를 끝낸다.

"무슨 말인지 알겠어?"

바주 아저씨는 엄청 높은 관리였는데도 엄마한테 매를 맞았다. 누나는 기껏해야 열다섯 살이다. 뭘 해도 재미난 나이인데 엄마한테 잠깐 혼났다고 계속 슬퍼하지 않아도 된다.

누나가 나한테 이야기를 들려주는 데는 이유가 있다. 자신에게 그 이야기를 해주고 싶기 때문이다. 누나는 내가 이야기를 들어도 이해하지 못할 거로 생각한다. 그렇지 않다. 나는 다 이해한다. 그런데 이번에는 알쏭달쏭하다. '바주 아저씨는 매를 맞아서 아픈데도 왜 울지 않았던 거지? 안 아프게 맞았는데 왜 펑펑 울었던 거지?' 이거는 도무지 모르겠다.

20

나는 사팔뜨기 노인과 관련된 사건의 피해자다. 노인의 눈이 사시여서 이름 대신에 사팔뜨기 노인이라고 부른다. 사팔뜨기 노인도 여느 사람처럼 이름이 있을 거다. 하지만 노인의 이름을 부르는 것조차 싫다. 우리 동네 강아지들은 노인을 그렇게 부른다. 아무튼 우리 중에 노인을 좋아하는 강아지는 없다. 당연히 사팔뜨기 노인의 이름이 뭐였는지 기억하는 강아지도 없다. 이름을 기억해주는 이가 아무도 없으면 그 이름 주인의 존재도 공동체 안에서 사라져 버리게 된다. 만약 당신이 이러한 존재라면 모두의 기억 속에서 쉽게 지워질 거다. 먼지를 툴툴 털어 버리면 말끔해지듯 당신의 존재가 흔적도 남지 않게 될 거다. 그러므로 우리 강아지들에게 사팔뜨기 노인은 죽어 버린 존재와도 같다.

노인의 발은 항상 근질거린다. 우리의 몸통을 뻥 차려고 그러는 거다. 노인한테 당한 강아지들이 극심한 고통을 느낄 때마다 평온했던 마을에 독버섯이 솟아난 것처럼 금세 혼비백산이 된다.

우리는 원래 사람과 친하다. 우리를 사랑해주면 우리도 깊은 애정으로 그 사랑에 보답한다. 이러한 감정의 소통은 일부러 배울 필요가 없다. 유전자 속에 잠재된 선천적인 본능과도 같기 때문이다. 그리고 사랑과 조건이 없는 신뢰를 어떤 이의 품격으로 보기도 한다. 그런데 아무리 사람이라도 모두가 품격이 있는 것은 아니다. 그 예로 사팔뜨기 노인이 있다. 틀림없이 사람이긴 하지만 결코 좋은 사람은 아니기 때문이다.

어떤 대상을 과하게 믿어서 전심으로 따를 때, 조금이라도 의심하거나 경계할 생각조차 못 하게 되는 경우가 있다. 이러다가 불행히도 맹신에 대한 대가를 치르게 된다. 심할 경우 순전한 믿음을 잃어버리게 되기도 한다.

21

축구 선수가 공으로 슛-골인하듯 사팔뜨기 노인은 강아지로 골인을 성사시킬 기회를 노린다. 나 같은 강아지가 노인의 발에 차여서 울먹이면 노인은 만족스럽다는 듯한 흐뭇한 표정을 짓는다. 노인은 울음소리를 들어줄 공감 능력이 전혀 없다. 같은 사람이지만 누나와 너무 다르다. 노인은 무심한 표정을 하면서 주변의 아픔을 전혀 느끼지 못하는 사람처럼 행동한다. 분명 다 알면서도 남의 고통을 단순한 심심풀이 정도로 가볍게 여기는 것일 거다.

악독한 노인한테 당해서 벽 쪽으로 뻥 차일 때마다 크게 운다. 아프기도 하고 화도 나서 눈물이 왈칵 쏟아지기 때문이다. 노인은 대수롭지 않게 여길 테지만 나한테는 엄청난 일이다. 노인의 발에 당해서 분이 안 풀릴 만도 하지만 노인이 지나가고 나면 이전 일은 금방 잊어버린 채 언제 그랬냐는 듯이 정신없이 논다. 그러다가 또 노인의 발에 한 방 먹게 되면 하늘도 무너질 듯한 고통이 갈비뼈 사이로 확 스며든다. 게다가 노인이 헤헤거리는 소리를 듣게 되면 안 그래도 아픈 상처에 소금을 팍팍 뿌리는 것처럼 더 쓰라리게 된다.

　나뿐만 아니라 우리 동네 강아지 누구나 너무 아파서 기절할 정도로 사팔뜨기 노인한테 열 번보다 더 많이 당했다. 노인을 피해 다니는 건 결코 쉬운 일이 아니다. 왜냐하면 노인이 사람 탈을 쓰고 있어서다. 노인의 발에 열한 번째 당했을 때, 어리숙하게 눈에 보이는 대로 사람을 판단하지 않기로 했다. 자신에게 가치가 없는 것을 자주 보게 되면 인상적인 것만 골라내기가 쉽지 않게 된다. 눈에 보이는 현상에 속게 되거나 마음이 혼란스럽게 되기 때문이다. 그래서 사람을 분별하는데 눈 대신 코를 사용하기로 했다. 그 이후로 우리 중 어느 강아지도 사팔뜨기 노인한테 얻어맞지 않는다.

22

　만약 노인이 위장에 능숙한 악당이었다면 자비로운 듯한 미소를 띠고 있었을 거다. 그리고 설탕통에서 푹 퍼낸 설탕처럼 달콤한 말치레로 악당의 자태를 감췄을 거다. 하지만 노인은 사악한 냄새를 전혀 숨기지 않고 다닌다. 사악한 냄새는 정말 설명하기 어렵다. 마치 썩은 영혼에서 새어 나오는 시큼시큼하고 구역질 나는 냄새와 같다.

　우리 강아지는 코로 세상을 보는 방법을 배울수록 자신이 성장했다는 느낌이 들게 된다는 사실을 나중에야 알았다. 이러한 특징은 나 같은 강아지와 사람 사이의 많은 다른 점 중에서 가장 큰 부분을 차지한다.

냄새를 너무 잘 맡게 되면 세상 속에서 고통이 뭔지를 알게 된다. 때로는 불행도 겪고 심지어 죽기까지도 한다. 그러나 어느 강아지도 이 모든 일을 결코 비극이라 부르지 않는다. 똑똑한 코 덕분에 강아지 역사는 한 번도 실수한 적이 없다. 강아지 존재가 역사 속에서 지워지거나 다시 쓰인 적이 없기 때문이다. 더구나 이러한 이유로 '셰익스피어'라는 별명을 가진 강아지가 역사 속에서 등장한 적은 더더욱 없다. 그냥 그럴 필요가 없으니까.

23

얼마간 시간이 지난 후에도 사팔뜨기 노인은 우리를 발로 찰 수 없었다. 그래서 노인이 우울해 보이는 거 같다. (요즘 우리 동네 강아지들은 노인의 뒤를 살금살금 따라다니면서 노인의 발에 언제 차일지 모르는 긴장감을 즐긴다.)

날이 갈수록 노인의 얼굴이 부쩍 야위더니 건포도처럼 쭈글쭈글한 주름이 생겼고 마치 역병이 도는 마을에서 올라온 사람처럼 파리해 보이기까지 하다. 이때껏 선한 일이라고는 해본 적이 없는 사람이 병에 걸렸다는 말은 생전 들어본 적이 없다. 노인이 요즘 비실비실해 보여도 아주 오래 살 거다. 나쁜 짓을 저지를 기회가 없어서 이번 생에는 지루하게 오래 살게 될 거다.

그동안 겪은 불행에 보상받는 듯한 평온한 나날들을 보내다가 이름이 '코코'인 새 친구를 맞이했다. 새 친구 코코는 솜사탕처럼 하얀 강아지다. 코코 몸의 털이 사방으로 복슬복슬해서 녀석의 꼬리가 도대체 어디에 있는지 도통 찾아볼 수가 없다.

"야! 너 꼬리 없는 뚱뚱보 강아지 맞지?"

호기심이 발동해서 코코한테 물었다. 코코는 내 말을 듣자마자 묘한 동작으로 답을 하려는 듯이 뜬금없이 네 발로 계속 돈다. 덩달아 나도 녀석 엉덩이에다 시선을 고정하고 빙빙 돌고 있다. 꿈틀대는 코코 엉덩이에 시선을 고정하고 있는데 털 뭉텅이 속에 숨어 있던 티끌만 한 꼬리가 톡 튀어나오면서 까딱거린다. 하얗고 뭉툭한 꼬리는 마치 누나 학교에서 봤던 몽땅한 칠판 분필처럼 보인다.

24

강아지 이름 중에 '코코'라는 이름은 아주 흔한 이름이다. 아마 이 코코도 다른 코코와 다르지 않을 거다. 즉 그다지 특별할 거라 기대하지 않았다. 돌멩이를 돌멩이라 부르고 책상을 책상이라 부르듯이 코코를 코코라 부르기 때문이다. 그런데 이 코코 녀석에게서 흔한 돌멩이와 책상에서는 찾을 수 없는 매력이 느껴진다. 어느 날 코코가 나에게 물은 말이다.

"너는 가장 재밌었던 일이 뭐야?"

이때껏 나에게 이러한 질문을 하는 강아지는 없다.

잠시 생각한 후에 머뭇거리며 답했다.

"신발 씹기…."

"응, 그거 정말 재밌지."

코코가 내 말에 공감한 후 계속해서 질문한다.

"재밌는 거 또 있어?"

엉덩이를 씰룩씰룩 움직이면서 다시 생각했다. 사람들은 생각할 때 고개를 갸우뚱하지만 우리는 엉덩이를 실룩댄다.

"온몸이 더러워질 때까지 마루에다 비비적거리기. 아! 잠시만!"

"이거 재밌다! 또 뭐야?"

"진짜 큰 소시지 먹기!"

"또 뭐 있어?"

때마침 사팔뜨기 노인이 지나가고 있다. 몸을 뒤로 깊숙이 빼서 문틈 사이에 숨은 채로 말했다.

"저 노인한테 한 방 먹이기!"

25

코코 녀석의 질문에 스물두 번이나 답했다. 그러고 나니 인생에서 재미난 일들이 더는 떠오르지 않는다. 먹고, 자고, 놀고…. 그리고 가장 예의 없는 놀이인 '현관 앞에 깔린 카펫에 오줌 지르기'까지 하나도 남김없이 싹 다 말했다. 물론 그 버릇없는 놀이를 달가워하는 이는 아무도 없다. 사실 그렇게 하면 안 된다는 것을 너무나도 잘 안다. 하지만 매번 마음속 충돌이 불쑥 일어날 때마다 왜 그렇게 하고 싶은 일을 멈출 수가 없는지 도대체 모르겠다.

얼빠진 강아지처럼 벙하게 서 있는 내 모습을 보면서 코코가 말한다.

"인생에서 재미난 일이 이게 다야?"

호기심에 찬 눈빛으로 코코를 바라보게 된다.

"그럼 재밌는 일이 더 있어?"

"그럼! 삼백이십오 개나 더 있지!"

코코는 내 주둥이가 떡 벌어지게 한다. 인생에서 그렇게 많은 재미난 일들이 있을 줄은 몰랐다. 이 강아지 녀석이 나를 속이는 건 아닌지 의심이 가지만 녀석의 말에서 진심이 느껴진다.

26

이번에는 코코 녀석이 재밌는 일 리스트를 말할 차례다. 녀석이 많이 신나 보인다.

"누나 공을 멀리 내던져서 칭찬받기"

"새 친구 사귀기"

"쥐를 가장 빨리 잡기"

"누나 엄마가 숨겨놓은 치즈 통 찾기"

"산책하다가 운 좋게 뼈다귀 조각 줍기"

"진짜 배고플 때 밥 먹기"

"긴 장마 후 햇빛보기"

"길 잃어버렸을 때 돌아가는 길 찾기"

"집 바닥을 박박 긁어서 구멍 내기"

"……."

그날 아침에 코코가 삼백이십오 가지 재밌는 일을 다 말했는지 아닌지는 모르겠다. 왜냐하면 녀석의 이야기가 어찌나 길던지 듣다가 잠들었기 때문이다. 역시 졸릴 때 실컷 잠자기도 빼놓을 수 없는 재밌는 일 중 하나다.

27

코코가 다잡은 쥐를 도망가게 놔주는 일이 재밌다고 말한다. 갑자기 녀석의 말에 신뢰가 안 간다.

"그게 재밌다고?"

"응, 진짜 재밌어!"

코코가 캉캉 짖으며 크게 말한다.

"에이, 누가 그래? 다잡은 쥐가 아깝잖아!"

"그래서 재밌잖아!"

나는 이성을 잃어버리기 시작했다.

"그럼 왜 쥐를 잡는 게 재밌다고 한 거야?"

코코 녀석이 계속 완고하게 말한다.

"잘 들어봐! 이 놀이는 잡은 쥐를 놓아준다는 점이 아주 독특해. 그래서 놔줄 때가 더 재밌어."

선비가 수염을 쓰다듬으면서 말하듯, 코코 녀석이 수염을 살짝 떨면서 연설한다. 마치 학식이 뛰어난 인생 선배처럼 보인다. 코코의 말을 완전히 이해하는데 내가 많이 부족한가 보다. 게다가 나는 아직 쥐를 잡아본 적이 없다. 즉 코코처럼 다잡은 쥐를 놔주는 경험을 해보지 못해서 녀석의 말이 맞는지 아닌지를 알 도리가 없다. 하지만 언젠가 운 좋게 조그만 쥐를 잡게 된다면 반드시 그 쥐가 도망가도록 놓아주는 경험을 꼭 해볼 거다.

28

코코가 말했던 삼백이십오 가지 재밌는 일 중에서 '남들이 모르는 사실을 알아채기'가 있다. 어느 날 아침, 여느 때와 같이 누나가 식탁 앞에 앉아있다. 그런데 볶음밥을 보면서 끙끙거린다.

"엄마, 나 오늘 아침 안 먹을래."

누나 엄마가 묻는다.

"왜?"

코코가 발로 내 다리를 잡아당기면서 말했다.

"누나가 에그 반미 빵이 먹고 싶은가 봐."

"나도 알고 있어."

사실 나도 아침밥이 질린다. 모두가 함께하는 식사 시간이 질린다는 말은 절대 아니다. 단지 매번 같은 음식을 먹는 게 질려서 새로운 음식이 당길 뿐이다.

"어디 아파?"

누나 엄마가 걱정스러운 목소리로 묻는다. 식탁 밑에서 조용히 코코를 쳐다봤다. 눈빛으로 은밀하게 누나 엄마가 이해하지 못하는 사실을 우리만 알고 있는 게 꽤 재밌다는 신호를 보냈다.

29

우리는 누나가 이전과 다르다는 사실에 바로 동의했다. 그리고 누나가 더 성장해서 어른이 되더라도 변함없이 애들처럼 말할 거라는 예상에도 같이 고개를 끄덕였다.

물론 어른들에게 애들 말은 낯선 외국어처럼 들릴 거다. 이럴 때는 내가 학자가 아니어서 정말 아쉽다. 만약 학자였더라면 '영어와 한국어 사전' 또는 '프랑스어와 한국어 사전'과 같이 '어린이와 어른 사전'을 진작에 편찬했을 거다. 그 내용은 대략 이렇다.

'엄마, 나 머리가 지끈지끈해.' 이 말의 의미는 '엄마, 나 오늘 학교 안 갈래.'다.

'엄마, 오늘 몇 월이야?' 이 말은 '엄마, 곧 내 생일이야!'라는 말과 같다.

'엄마, 내일 비 와?'라고 묻는 말은 '엄마, 내일 마트 갈 때 나도 데려가!'라는 말이다.

내가 해석한 뜻을 말해주자 네 말이 옳다는 듯이 코코가 고개를 끄덕인다. 코코가 사전 내용을 더 추가한다. 누나가 휴대전화로 놀거나 온라인 채팅을 할 때 가장 많이 쓰는 말이다.

'나 물 좀 마시고 올게!'

나는 눈을 똥그랗게 뜨고 물었다.

"무슨 뜻이야?"

"'나 화장실 갔다 올게!'라는 뜻이야."

30

가끔 꿈을 꾼다. 꿈에서 이런 장면을 여러 번 봤다. 누군가 거대한 녹색 망토로 둥근 지구를 감싸고 그 위에 솜씨 좋게 붙인 자잘한 구슬들 즉 들꽃으로 화려한 푸른 초원 위에서 나와 코코는 산책하고 있었다. 꿈속에서 본 들판은 언제나 수평선 너머로 쭉 뻗어 있었다.

아마 당신도 그럴 거다. 잠시 기억을 잘 더듬어 보자. 현실에서 느꼈던 한계들이 정말 꿈속에서 완전히 싹 사라졌었는지를. 꿈속 세계, 내가 말한 푸른색 자연 카펫 위에서 나와 코코는 가물가물하게 보이는 나비를 서로 잡으려고 다투며 쫓아갔다. 장담하건대 나비를 잡아본 강아지는 아직 없을 거다. 아무래도 나비는 눈으로 볼 때가 가장 좋다. 우리 아빠, 엄마, 할아버지, 할머니도 그러셨을 거다. 즉 평생 나비를 잡아볼 일이 없을 거라는 말과도 같다.

나비들은 항상 머리 위에서 살랑살랑 날아다닌다. 빙빙 맴돌다가 손짓도 한다. 나비가 낮은 곳으로 내려와 살짝 앉을 때, 어쩌면 내 발이 나비 날개에 닿을지도 모른다는 생각에 흥분하게 된다. 그러나 잠시 황홀감에 빠져서 한눈파는 찰나에 나비는 훌쩍 달아나 버린다.

나비 날개의 아름다움은 오직 눈으로만 감상하고 갈망하기 위한 꿈속 아름다움과 같다. 꿈속에서도 소유할 수 없는 나비는 정말 잡힐 듯 안 잡히는 신기루 같다. 이러한 신기루를 잡으러 쫓아다니는 일은 다 설명하지 못할 정도로 무척 설렌다. 물론 나비가 잡힐 가망이 전혀 없다는 사실을 빤히 안다. 하지만 이 설레는 감정이 강아지 종족의 세대가 바뀌어도 여전히 나비를 쫓아다니게 되는 이유를 잘 설명해준다.

31

꿈속에서 지칠 때까지 나비를 쫓아다닌 후, 코코와 술래잡기 놀이를 하며 시간을 보냈다. 그러다 흥분해서 서로 맞붙었다. 나는 코코의 따뜻하고 두꺼운 귀를 날름 물었고 코코는 내 꼬리를 덥석 물었다. 물론 서로 아프지 않게 살살 물면서 장난쳤다. 꼬리물기 놀이가 아주 재밌지만 부스스한 털 뭉텅이 속에 숨은 몽땅한 코코 꼬리를 찾는 일은 찬장에 숨겨진 치즈를 찾는 일만큼 정말 힘들었다.

새하얀 털북숭이 코코의 털이 쑥쑥 자라나더니 뭉실한 구름이 되어 바람에 휙 날려갔다. 그리고 새로운 곳에 떨어졌다. 숨을 헐떡일 때까지 오랫동안 잔디밭에서 뒹굴며 놀았다. 그래도 코코와 나는 땀을 한 방울도 흘리지 않았다. 간단히 말하자면 우리는 사람과 달리 땀샘이 없기 때문이다.

누군가 땅속에서 아궁이에 불을 지피는가 보다. 코코와 장난치다가 일어나서 보니 이슬방울이 땅 위로 스멀스멀 올라와서 잔디에 맞혔다. 왜 그런지는 모르겠지만 내 꿈속의 계절은 언제나 가을이다. 봄, 여름, 겨울이 어디에 가서 정신없이 노느라 아직 돌아오지 않았나 보다.

잠이 깬 후, 꿈 이야기를 코코에게 들려주니 내 꿈 이야기를 듣자마자 재빠르게 인생에서 가장 재밌는 일 리스트에 추가한다. 내 꿈 이야기가 삼백이십육 번째 재밌는 일이 되었다.

32

여느 인생 선배처럼 코코의 말과 생각은 아주 심오하다. 코코는 매우 영특하지만 이렇게 훌륭한 사상가가 그다지 썩 좋지 않은 활동가라는 사실을 어제 알게 되어 많이 놀랐다.

집 안에 나무로 만들어진 계단이 있다. 그 계단은 누나의 아빠가 일하는 다락방으로 향하는 계단이다. 기껏해야 열 걸음 정도 되는 짧은 계단이다. 나는 매일 계단 위에서 뛰어다니면서 논다. 계단을 올라가면 다락방 문을 마음껏 박박 긁을 수 있다. 그리고 인생에서 재밌는 일 삼백이십칠 번째를 기대하는 설렘으로 흥분하게 된다. 다락방 문을 끼익 밀고 들어가면 누나의 아빠가 아주 흥미로운 간식을 내밀어 준다. 빵 조각일 때도 있고 마른 새우 조각일 때도 있다. 다들 눈치챘을 거다. 다락방에서 흥미로운 무언가를 발견하기 전까지는 결코 다락방 밖으로 나가지 않는다. 변변찮아도 한 입을 얻어먹으려고 절대 다른 사람을 귀찮게 해서는 안 된다. 무슨 일이 있어도 성가시게 굴면 안 된다는 것을 잘 안다. 하지만 강아지는 예외다.

코코가 여러 번 내 행동을 은밀히 관찰하더니 다락방으로 가는 계단 위에 발을 올린다.

33

코코는 나처럼 계단을 쉽게 올라간다. 그리고 다락방에서 아빠가 주는 간식을 잘 받아먹는다. 그러나 코코가 계단을 내려오지 못한다. 덜컥 겁을 먹은 것이다. 이 점이 나와 다르다. 코코는 계단 앞에 서서 아래로 내려오기를 주저한다. 고개를 돌려 저만치 아래를 내려다보더니 발밑에 지옥문이 활짝 열려 있다는 듯이 온몸을 와들와들 떤다.

"내려와!"

나는 코코의 옆으로 다가가서 격려의 말을 해줬다. 코코가 내 말을 듣고 계단 앞으로 조금 나아가더니 금세 뒷걸음질을 한다. 코코의 꼬리가 수북한 털에 가려서 눈에 보이지는 않지만, 녀석의 뭉뚝한 꼬리가 아래로 바짝 내려가 있는 게 틀림없다.

"무서워할 거 없어."

계단을 내려가는 동작을 보여주려고 코코를 한쪽으로 밀었다. 일부러 가볍게 한 계단을 내려갔다가 다시 천천히 계단을 오르면서 코코를 쳐다봤다.

"봤지! 아주 쉬워!"

코코가 가만히 나를 보기만 하고 아무런 말도 못 한다. 코코의 눈빛을 보니 걱정으로 가득한 녀석의 마음이 보인다. 코코가 눈빛으로 이렇게 말하고 있는 거 같다.

'쉽긴 뭐가 쉬워!'

34

새 한 마리가 겁에 질려서 날갯짓을 못 하는 상황을 보는 것 같다. 평소 늠름한 인생 선배였던 코코가 스스로 용기를 내서 계단을 내려오지 못하다니. 코코의 새로운 모습에 적잖이 경악하게 된다. 코코가 계단 앞에 서서 두려움에 자지러지는 모습은 한 마리 새가 평생 둥지 안에서 부들부들 떨며 발을 떼지도 못하는 모습을 보는 듯하다. 아, 답답하다. '얼른 뛰어내려! 이 겁쟁이 새야!'라고 코코를 향해 외치고 싶다. 그러나 코코가 너무 애처롭게 떨고 있어서 아무 말도 안 했다.

코코가 계단 아래로 발을 살살 내디딜 때마다 내 마음에는 희망으로 가득해진다. 하지만 코코는 다시 다리를 덜덜 떨면서 불안해한다. 코코가 용기를 내서 계단 아래로 첫발만 잘 떼면 분명 그다음에는 더 수월하게 내려올 수 있을 거다. 그러면 계단에서 뛰어다니는 놀이만큼 쉽고 재밌는 일이 없다는 걸 알게될 거라 확신한다. 더 나아진다면 계단을 오르내리는 일을 인생에서 가장 재밌는 일 삼백이십팔 번째로 등록할 수 있을 거다. 하지만 보다시피 극도로 소심한 강아지에게는 계단 오르내리기가 재밌는 일이 되긴 쉽지 않을 거 같다.

35

다락방과 바닥 사이에는 고작 열 개의 계단만 있다. 어느 강아지나 쉽게 정복할 수 있는 짧은 거리다. 그러나 마음속의 두려움을 이겨내지 못한다면 계단을 정복하기는 쉽지 않을 거다. 그뿐만 아니라 앞으로 살면서 어떤 일도 정복하지 못할 거다.

코코처럼 스스로 어려움을 극복하지 못하면 도움을 요청하여 문제를 해결해야 한다. 이것이 코코의 유일한 해결책이다. 코코가 동네 모든 사람이 다 들을 수 있을 정도로 자신을 도와 달라고 크게 소리친다. 그러자 누나의 아빠가 다락방 문을 열고 나온다. 구세주로 자처한 아빠를 보자마자 코코가 부산하게 아빠한테 달려간다.

코코가 기뻐한다. 털 뭉치 속에 숨었던 짤막한 꼬리를 쭉 뻗어서 마구 흔들어댄다. 그 모습이 마치 뭉툭한 손가락으로 공중에다가 허둥대며 원을 그리는 듯하다. 코코가 벅찬 기쁨에 어쩔 줄 몰라서 뒷발로 선 채 소리치다가 그만 누나 아빠의 바지에다가 오줌을 싸는 실수를 한다. 아무튼 아빠한테 안긴 채 무사히 계단을 내려온다.

36

그날 이후로 코코가 겁을 먹고 꼼짝달싹 못 하는 경우가 많아졌다. 모두가 녀석의 도와 달라고 우는소리에 익숙해져 간다. 그래도 나랑 같이 있으면 마음이 편해지는지 코코는 같이 다락방에 올라가려고 한다. 누나가 귀신을 많이 무서워하면서도 여전히 귀신 이야기 듣기를 좋아하는 것과 아주 유사하다. 두려움은 또한 공포감이기도 한데 굳이 돈을 쓰면서까지 공포를 즐기려한다. 누나의 말을 들어보니 지금이 공포 영화 시즌인가 보다.

다시 이야기의 본론으로 돌아가서 말을 요약해보면 이렇다. 코코가 다락방 계단을 알게 된 날 이후부터 수시로 다락방에 올라가서 방문을 벅벅 긁고 맛있는 간식을 얻어먹는다. 그런 후 계단 아래로 내려 달라고 울면서 조르는 행동을 수없이 반복하고 있다. 아빠, 엄마, 누나가 항상 코코를 품에 안아서 도와주다 보니 매번 도움에 의지해야만 하는 버릇이 생기게 된 셈이다. 그럴 때마다 인생 선배 코코는 자신만의 어리숙한 몸짓에다가 강아지들이 잘하는 뱅뱅 돌기를 하면서 짧은 꼬리로 공중에다가 원을 아주 잘 그린다.

37

방금 말한 내용과 상관없이 코코는 언제나 재밌는 친구다. 코코는 재밌는 일에 대해 많이 안다. 그리고 녀석의 어리숙한 행동이 나름 재밌다. 정말 평생 보기 드문 친구다. 코코를 만난 후, 동네 강아지들과 보내는 시간이 줄면서 집 안 가구를 망가뜨리는 일도 줄었다.

코코가 차분하고 점잖게 강아지의 주둥이에 대해 말해준다. 주둥이로 음식을 씹고 삼키는 일분만 아니라 멀쩡했던 신발이 완전히 다른 물건이 될 때까지 마구 물어뜯는 일도 가능하다고 말한다. 그리고 주둥이로 가능한 일 중에서 가장 중요한 일에는 잡담하기, 속마음 터놓기와 더불어 도와 달라고 소리를 지르거나 우는 일도 있다고 말한다. 즉 그 일은 마음속 메시지를 전달하는 일이다.

사람도 공감할 거다. 마음속에 담고 있던 아름다운 메시지를 입으로 전하는 일은 정말 중요하다. 마음의 양식이 될 메시지를 함께 나누면 메시지의 향기가 더 풍성해진다. 그래서 "말 한마디로 천 냥 빚도 갚는다."라는 말이 괜히 있는 게 아니다.

38

이상한 공통점이 있다. 사람이나 강아지나 언제나 불량한 친구에게 더 끌린다. 불량한 친구와 있으면 지루할 틈이 없다. 언제든 수업 시간에 방해하고 숙제를 못 하게 하기 때문이다. 반면 바른 친구는 성실하게 어른의 말씀을 잘 듣는다. 그리고 해야 할 일과 하지 말아야 할 일을 확실히 안다. (바르게 행동하는 데 반드시 친구가 필요하진 않다.)

불량한 친구는 언제나 하면 안 되는 일을 해라고 부추긴다. 당연히 자신이 해야 할 일은 전혀 하지 않는다. 공을 차러 나가려고 숙제 따위는 서랍 속에다가 내던져 버리며 강에서 수영하려고 낮잠 시간에 도망간다. 진짜 대단하다! [연중 더운 날씨로 인해 베트남 사람들은 낮잠을 즐긴다] 불량한 친구를 더 자세히 설명하자면 주로 영화관에 앉아있는 친구라 할 수 있다. 교실에 얌전히 앉아있는 친구보다 많이 들쑤시며 다니고 나무 위에서 몸을 뒤로 젖힌 채 앉아있다. 시험장에서 열을 맞춰서 앉아있는 친구보다 훨씬 더 흥미진진한 친구다. 아무튼 분명한 건 언제나 규칙을 준수하는 일보다 자유로운 일에 마음이 더 끌린다는 거다.

39

우리 강아지도 그렇다. 내가 아는 강아지 중에서 매력 있는 친구, 즉 불량한 강아지는 범구다. 범구를 처음 봤을 때, 거울로 나를 보는 거 같아서 서로 마주 보며 기뻐했다. 정말 많이 닮아서 처음 보자마자 서로의 영혼을 꿰뚫어 볼 정도였다.

범구가 우리 집에 처음 왔던 날이었다. 범구한테 누나의 신발을 질겅질겅 씹어보라고 했더니 범구가 누나 엄마의 슬리퍼를 꼭꼭 씹어보라고 나한테 보챘었다. 한 시간 동안 누가 더 많은 물건을 씹는지 내기를 했었는데 승리는 매번 범구의 편이었다. 범구는 욕실에 몰래 들어가서 비누 조각을 빼돌렸었다. 한껏 들뜬 채로 어디론가 비누를 물고가더니 찬장 아래쪽 깊숙한 곳에 숨겼었다. 약 십오 분 후, 범구가 빼돌린 비누는 청결을 위한 위생용품이 아니라 닿는 거는 뭐든지 더럽히는 천덕꾸러기로 변해 있었다. 전쟁터에서 금방 빼낸 것처럼 비누가 시커멓고 진득하고 군데군데 푹 패인 곰보 자국과 생채기로 가득했었다. 범구가 흥분하면서 어떤 음식을 먹어보라고 권했던 적이 있었다. 냄새가 역겨워서 나는 콧등을 찡그리기만 하고 안 먹었지만, 범구는 천연덕스럽게 그거를 삼켰었다.

40

잠시 우리 집에서 머무는 동안 범구가 식사 시간에 껑충껑충 뛰는 방법을 알려줬다. 물론 각자 밥그릇이 따로 있다. 그런데 태연하게 자기 밥그릇에 담긴 음식만 먹는 일은 아주 아둔한 강아지나 하는 짓이라고 범구가 경멸하면서 말한다.

"아, 따분해. 밥그릇에 주둥이 박고 먹는 건 이제 질려!"

"그럼 어떡해?"

범구의 눈을 빤히 쳐다봤다. 기이한 방법을 알려주길 기대했다.

범구가 고개를 가로저은 후 말한다.

"식구들이 식탁에 앉는 타이밍에 맞춰서 아무한테나 가. 그리고 다리 위로 올라가면 한 입 얻어먹을 수 있어."

말이 끝나자마자 범구가 빈 의자 위로 올라간다. 고개를 돌려서 나를 쳐다본다.

"이렇게 하면 돼."

나는 의심됐다.

"그런데 너 아직 우리 집에서 그런 적 없잖아."

범구가 의자에서 내려온 후 코를 킁킁대며 말한다.

"입맛이 없어서 그래. 할머니와 살던 집이 너무 그리워. 다시 돌아가면 그렇게 할 거야."

범구가 자신 앞에 서 있는 강아지 한 마리가 아주 한심하다는 듯이 나를 쳐다본다.

41

그날 이후, 미련한 강아지로 낙인찍히기 싫어서 범구가 알려 준 대로 따라 해보기로 했다. 언젠가 범구를 다시 만나게 된다면 식사 시간에 누나의 엄마 다리 위에서 어떻게 껑충껑충 뛰었는지를 다 말해줄 거다.

"아 정말, 밥 먹는데 얘가 왜 이래?"

엄마가 얼굴을 찡그리면서 내려다본다. 손으로 식탁을 '탁' 친다.

내가 더 대담하게 뛸수록 식구들이 나를 칭찬한다. 역시 범구는 세상에서 가장 훌륭한 강아지다. 감탄이 절로 난다.

누나 아빠가 걱정하며 말한다.

"어디서 이 버르장머리 없는 짓을 배워 온 거야?"

나는 예의 없단 말은 알아들어서 잠시 뛰는 행동을 주춤주춤 했다. 뭐가 문제인지 생각해보고 있는데 누나가 내 머리에다가 꿀밤을 준다.

"그럼 안돼 베또!"

긴가민가하지만 아빠와 누나의 반응으로 미루어 볼 때, 식사 시간에 날뛰는 강아지가 멍청한 강아지인 거 같다.

42

코코가 다가온다. 그리고 범구에 대한 자기 생각을 털어놓는다. 어쩌다 범구 때문에 대신 혼난 적은 있어도 범구가 참 재밌는 친구라 여겼다고 한다. 범구는 누나 증조할머니 집에서 살았지만 만날 기회가 생길 때마다 장난꾸러기 행동을 알려줬다.

범구는 골치 아픈 문제들을 저지른 후 스스럼없이 모든 잘못을 코코에게 뒤집어씌웠다고 한다. 자신한테 호감을 보여준 코코에게 말이다. 코코 이야기를 듣고 나니 범구가 새삼스레 느껴지고 이전과 다르게 생각된다. 그렇지만 범구랑 절교할 만한 이유는 못 찾겠다.

43

불량한 친구 못지않게 유식한 친구도 매력이 넘친다. 사람뿐만 이니라 우리 강아지 세계에서도 소수의 현명한 강아지한테 다수가 지배당한다. 잘 생각해보자. 똑똑한 사람과 노는 게 더 재밌을 거다. 그렇지? 확실히 더 유익한 친구와 이야기를 나누면 뭐라도 깨달음이 생기게 된다. 코코가 인생에서 재미난 일들을 장황하게 늘어놓으면서 나에게 더 넓고 새로운 세상을 소개해준다.

"장마 후 햇살 보는 일도 재밌지만 비를 보는 일도 재밌어. 창문을 활짝 열듯 모든 감각을 열어봐! 엄청난 게 느껴져!"

코코가 이렇게 말한 후 나를 끌고 간다. 처마 아랫길로 같이 뛰어갔다. 부엌에 도착한 후 코코처럼 찬장 아래에 눕고 빗소리를 들었다.

44

비. 낯설진 않다. 하지만 이렇게 양철 지붕 아래에서 빗소리를 들어본 적은 없다. 양철 지붕을 두드리는 빗방울 소리는 기와지붕 위에 떨어지는 빗방울 소리와 확연히 다르다.

"쿵쿵 쿵쿵 쿵쿵…."

머리 위에서 수천 마리의 말이 내달리는 거 같다. 비 내리는 소리가 마치 하늘 신이 공중에서 오줌을 갈기는 소리 같기도 하다. 누군가 분하여서 "악"하고 고함을 지르는 소리 같기도 하다. 그러다 지붕이 내려앉을 거 같은 빗소리가 들려서 우리는 납작 엎드렸다. 쌀이 갈리는 듯한 소리가 귓속에서 울린다. 두려움에 몸이 움츠러들고 벌벌 떨리면서 꼬리가 두 다리 사이로 바싹 내려간다.

코코가 주둥이를 내 귀에다 문지르며 말한다.

"왜 그래? 무서워?"

"으…. 응" 우물거리며 말했다.

"무섭지만 재밌지?" 코코가 묘한 질문을 한다. 나는 고개를 끄덕였다.

"응, 재밌어."

무섭긴 하지만 정말 재밌다. 이래서 누나가 귀신 이야기 듣기를 좋아하고 코코가 다락방에 올라가는 일을 좋아하나 보다.

45

어느 정도 두려움이 가시고 난 후에 정신이 들었다. 몸이 따뜻하고 털이 긴 코코에게 바짝 붙어있음을 그제야 알았다. 우리는 찬장 밖으로 고개를 내밀고 떨어지는 빗소리를 조용히 감상했다.

"투둑 투두둑….."

잗다란 가랑비가 양철 지붕을 두드린다. 갈수록 잦아드는 빗소리도 말발굽 소리처럼 들린다. 아스라이 보일 정도로 먼 뒷산으로 떠나는 거 같다. 긴 꼬리를 늘어트린 빗줄기가 시야에 들어온다. 바람에 사뿐히 날리는 커튼처럼 간간이 사방으로 흩날린다.

온몸에 힘을 쭉 빼고 탁 늘어져 나른함과 평온함에 푹 잠긴다. 산다는 게 얼마나 좋은지 새삼 깨닫게 된다. 이러한 순간들은 정말 소중하다. 그리고 내가 누리는 이 순간을 언제든지 누구나 느껴볼 수 있다. 삶을 픽팍하게 하는 경쟁들로 가득한 일상은 잠시 내려놓고 가만히 귀를 기울여 보자. 하루를 시작하기 전에 새소리를 귀에 담아보자. 창턱에서 늦게 핀 장미꽃 한 송이를 보고 감동한다면 평범한 일상 속에서도 간간이 소박한 행복을 느끼게 될 거다. 숨 쉬는 것처럼 아주 쉽게.

46

비가 그쳤다. 하늘이 우중충하다. 드디어 구름이 걷히고 해가 나온다. 면사포를 벗고 눈부시게 찬란한 모습으로 싱글벙글 웃으며 내려다본다.

따뜻한 담요 같은 코코의 몸에 계속 붙어있다. 정원 밖 습지 소리가 어렴풋이 들린다. 습한 냄새가 물컥물컥 코를 찌른다. 갑자기 머릿속 깊은 곳에서부터 아득한 옛날 기억이 떠오른다. 진한 흙냄새, 이름 모르는 꽃 내음, 잎 떨어지는 소리, 비 온 후 흙을 비집고 올라오는 버섯 소리, 저 멀리 언덕에서 새가 "구구" 소리 내며 우는 소리…. 이 모든 것이 언제부터 내 기억 속 깊숙한 곳에서 살고 있었는지 모르겠다. 한참 전부터 코코랑 잠들었었나 보다. 정원 밖 흙이 축축한 기운을 내뿜으며 나와 코코의 잠을 깨운다.

내가 언제 떡잎 벌어지는 소리를 들어봤었는지 전혀 기억나지 않는다. 참새가 "짹짹" 울면서 곡식을 쪼아먹는 소리를 어디서 들어봤는지도 모르겠다. 그러나 이 모든 것을 몸속 깊숙한 혈관에서부터 바깥 피부에까지 온몸으로 느낄 수 있다. 이 소리를 듣고 자라서 그런가 보다.

내가 이번에 겪은 일도 누구나 경험해볼 수 있다. 오래전에 있었던 일과 최근에 일어난 일이 예상치 않게 막연히 떠오를 때가 있을 거다. 그런 생각이 아주 묘하게 마음을 들뜨게 한다면 나처럼 생각 속에 푹 빠지게 될 거다. 그리고 어둡고 긴 장마가 지난 후 따스하게 비치는 햇살도 볼 수 있을 거다.

47

사팔뜨기 노인이 다른 동네로 이사를 간다고 들었다. 이 소식은 공습과 폭격이 잦은 지역에 평화가 찾아왔다는 소식과도 같다. 자유를 박탈당하며 가슴을 졸이고 살지 않아도 된다는 기쁜 소식이다. 우리 동네 강아지의 마음을 통쾌하게 하는 아주 반가운 소식이다. 이 사건은 재미난 일을 찾는 것보다 더 중요하다.

사팔뜨기 노인은 오랫동안 강아지의 옆구리를 발로 찰 기회만 노리면서 다녔다. 물론 노인이 접근할 때마다 발걸음 소리와 체취를 숨기지 않아서 노인을 요리조리 잘 피할 수 있었다. 그래서 잘 먹고 잘 노는 데 큰 문제는 없었다. 하지만 노인이 등장할 때마다 강아지 세계에 사악한 독가스가 퍼지는 거와 같은 기운이 감돌았다. 언젠가 내 악몽 속에 송곳니가 뾰족하게 난 사팔뜨기 노인이 나왔었다. 노인이 내 꿈속에 나올 때마다 번번이 입을 크게 벌리고 웃었는데 그때 노인의 입이 피처럼 새빨갰다.

악당과 한동네에서 사는 것은 지뢰밭 위에서 사는 것과 같다. 우리 강아지에게 사팔뜨기 노인은 항상 위험 요소였다. 틀림없이 우리를 괴롭히는 일에 대한 미련을 버리지 못했을 거다. 그리고 장담하건대 앞으로도 노인의 발에 차일 강아지는 단 한 마리도 없을 거다. 개구쟁이 마왕을 붙잡아서 뱅뱅 돌린 후 병속에 쏙 집어넣는 일과 맞먹을 정도로 쉽지 않을 거다.

48

이제 사팔뜨기 노인이 우리 근처에 얼씬하지 않는다. 노인 영혼에서 새어 나오던 악한 냄새도 풍기지 않는다. 노인이 이사 간 날 이후로 우리 동네의 공기가 훨씬 상쾌해졌다. 강아지가 숨 쉬며 사는데 이보다 좋을 수는 없을 거다. 코코와 나를 포함한 동네 강아지 모두 각자 원하는 곳에서 마음 편하게 서 있을 수 있다. 그냥 서서 하늘을 감상하기도 한다. 마음에 걱정, 근심이 조금도 없는 완벽한 나날을 보내고 있다.

인생 선배 코코의 말에 의하면 우리가 정말 운이 좋았다고 한다.

"간혹 정해진 운명 때문에 전생부터 이생에까지 평생 흉악범이 자기 주변을 서성이는 삶을 사는 이도 있어."

정말 불행은 개인, 민족, 국가 상관없이 누구에게나 찾아오는 거 같다.

49

누나의 증조할머니 댁에 놀러 갔다. 이번에는 코코도 같이 간다. 코코가 내 뒤에 딱 달라붙어 있다. 할머니 집에 사는 강아지는 모두 네 마리. 빨간 부겐빌레아 덩굴 꽃이 빽빽하게 핀 할머니 댁의 울타리가 보인다. 입구에 발이 닿자마자 강아지들이 튀어나온다. 코코가 슬금슬금 뒤로 물러나더니 누나의 다리 뒤에 숨는다. 동공이 흔들리는 채로 우르르 달려오는 녀석들을 경계한다. 자신이 겁쟁이라고 보여주고 있다.

"코코는 내 친한 친구야."

범구에게 코코를 소개했다.

"우리는 너를 해치지 않아."

범구가 긴장하는 코코를 진정시키려고 이렇게 말한다. 범구의 말이 코코에게 도움이 될지는 모르겠다. 만약 범구가 사람이었다면 벌써 능글맞은 웃음을 피식 날렸을 거다. 통행증을 받아 들듯 코코가 범구의 말을 기쁘게 받아들인다. 그런데도 할머니 집에 사는 강아지 녀석들이 코코 주변에서 킁킁 냄새를 맡는 일을 멈추지 않는다. 코코가 다시 몸을 움츠린다. 지붕 꼭대기와 계단 위에는 고양이 소녀 황구와 이름 모를 고양이 두 마리가 있다. 고양이들이 가만히 내려다본다. 그러다 나와 코코를 발견한 후 실망한 기색을 보인다. 녀석들은 마당으로 내려오지도 않고 우리를 물어뜯지도 않는다.

이렇게 시끌벅적한 모습을 볼 때가 참 좋다. 특히 몸과 마음이 지치거나 인생이 지루하다는 생각이 드는 순간에 가장 그렇다. 만일 고난과 걱정, 근심이 없는 세상이 존재한다는 말을 듣게 된다면 과연 그 말을 믿을 수 있을까?

50

코코가 네 마리 강아지와 아주 빨리 친해졌다. 잠시 후, 코코의 다른 모습을 보게 될 줄은 상상도 못 했다. 코코는 강아지들과 덜 익은 자두로 마당에서 씨름하느라 정신이 팔렸다. 자두를 발로 찔러보기도 하고 몸으로 밀어붙이기도 한다. 서로 자두를 빼앗으려고 티격태격하면서 마당에서 통통 뛰어다닌다. 코코가 세상에서 가장 맛있는 음식이 눈앞에 떡하니 놓여있다는 듯이 입을 쩍 벌리고 자두를 노려본다. 그때 나는 자두 맛이 떫을 거라는 사실을 알고 있었다.

코코는 항상 자세가 흐트러짐이 없고 의젓했다. 그런데 지금 강아지 무리에 끼여서 놀고 있는 코코는 내가 알던 코코와 완전히 다른 모습이다. 열성적이고 도발적인 범구의 복제견처럼 보일 정도다. 주변 환경이 변했다고 이렇게 성격도 바뀌는 건가? 그렇다면 지금 내가 보고 있는 이 코코는 내가 알던 코코가 맞는 건가?

5I

강아지들이 마당에서 장난치며 노는 동안 누나는 할머니와 소파에 나란히 앉아있었다. 누나가 할머니 팔을 꼭 안은 채 할머니를 바라본다.

"할머니 아파요?"

누나가 다정스레 묻는다.

할머니가 기침하면서 누나의 말에 답한 후 몸을 아래로 구부린다. 그때 누나가 황급히 할머니의 가슴을 쓸어내린다. 누나의 표정을 보니 할머니를 걱정하는 기색이 가득하다. 누나가 계속 할머니의 몸을 쓸어준다.

"할머니! 천식 스프레이 어딨어요? 제가 가져올게요."

누나가 어린아이를 대하듯 할머니한테 말한다. "아기는 성장해서 어른이 되고 노인은 갈수록 어린아이가 된다."라는 말을 들은 적이 있다. 나는 오랫동안 이 말을 이해하지 못했다. 어떻게 다 큰 어른이 다시 아이가 되는지를 도무지 이해할 수 없었기 때문이다. 하지만 이제는 그 말이 이해된다.

52

할머니는 천식을 앓고 있다. 할머니는 어릴 때부터 천식으로 고생을 많이 하셨다고 한다. 누나가 알려줬다. 날씨가 추워질수록 할머니는 숨쉬기 더 힘들어하신다. 대장간에서 묵직한 나무를 끌어내는 소리처럼 할머니 숨소리가 거칠다. 할머니는 숨을 크게 쉬려고 틈틈이 천장을 보신다. 그러나 여전히 호흡이 불안정하다. 할머니의 가슴이 부풀었다가 급하게 수축한다. 얼굴이 빨개지고 이마에 땀도 송골송골 맺힌다. 할머니 안색이 많이 안 좋아 보인다.

할머니는 누나가 준 작은 병을 손에 쥐고 있다가 서둘러서 입에 갖다 대신다. 할머니가 잠시 숨을 헐떡이더니 천천히 기운을 차리신다. 할머니의 얼굴빛이 이전으로 돌아왔다.

누나가 걱정된 목소리로 말한다.

"할머니! 항상 천식 흡입기를 가지고 다니셔야 해요."

"응, 할머니가 깜박했어."

할머니가 틀니 없이 씩 웃으신다. 정말 아이러니하다. 천식을 앓으시는 할머니가 천식 호흡기를 깜박하시다니. 집을 나설 때 모자를 깜박하는 거와 같이 너무 가볍게 여기면서 대답하신다. 인생이 뭔지. 죽고 사는 게 초의 심지와 같다고 하던데 정말 그런 건가?

53

오후에 길을 가다가 역광이 비치는 풍경을 본 적이 있어? 나는 그런 경험이 있다. 누나 증조할머니의 집에서 나온 후 집에 가려고 나설 때다. 시클로 타고 집에 가려는데 햇빛에 눈이 부셔서 눈을 찡그렸다. 그러다 시간이 조금 지나니 밝은 빛에 익숙해져서 눈을 가늘게 떴다. 이렇게 찬란하고 황홀한 햇살은 생전 처음 본다. 두꺼운 구름을 뚫고 나온 오후의 햇살은 평소와 달리 상냥하게 비춰준다. 평소와 다른 듯한 낯익은 풍경은 아주 묘하다. 시와 같은 뭉클한 감동을 준다. 이 광경을 설명하기가 참 쉽지 않다.

역광 속에서 바라본 풍경은 이렇다. 마치 연기가 하늘을 뒤덮듯 웅장한 키와 무수한 잎으로 하늘을 가린 타마린드 나무가 안개 리본으로 머리를 한껏 올려묶은 여신처럼 보인다. 나무에 가까이 다가갈수록 누군가 정성껏 가꾼 듯한 매끈한 초원 위로 미끄러지는 나뭇잎의 그림자가 눈에 들어온다. 햇살을 동그라미, 정사각형, 직사각형 모양으로 가위 들고 잘라서 길 양옆 벽에다 덕지덕지 붙여놓은 듯하다.

역광 아래의 풍경은 모든 집이 빛을 내뿜고 있는 것처럼 보인다. 풍경이 아주 깨끗하고 밝아 보인다. 누군가 지금 내 눈에 보이는 모든 것을 금세 닦아놓은 듯하다. 그뿐 아니라 이 길을 걷고 있는 모든 사람이 순수하고 착해 보인다. 우리도 깨끗해진 거 같다. 우리 머릿속에 있던 고민거리, 미래 계획, 계산적인 생각 모두 햇살에 사르르 녹아 흔적도 없이 사라진다. 참 이상하게도 역광 아래서 우리 모두의 마음이 평안해진다. 코코에게 내 생각을 말하니 내 말에 공감한다. 그리고 유식한 인생 선배 코코가 한 가지 나와 다른 생각을 말해준다.

"사람이 선량해 보이는 건 그 사람의 겉모습 때문이 아니라 그 사람의 영혼이 깨끗하게 잘 닦여 있어서 그런 거야!"

54

누나의 아빠는 정말 이상하다. 온종일 다락방에 올라가서 컴퓨터라 불리는 고철 덩어리 앞에 진득하게 앉아있다. 아빠는 아침 8시부터 저녁 8시까지 등받이가 있는 의자에 앉아서 컴퓨터의 키보드라 불리는 물건을 타닥타닥 두드린다. 아빠는 글을 쓴다. 소설과 시를 쓴다.

연말 저녁이었다. 다락방 문을 박박 긁어서 나무 벌레라고 불리는 흰개미에게 밥을 만들어 주다가 어떤 소리를 들었다. 급히 문을 긁던 앞다리를 내려놓았다. 그러고는 여느 강아지처럼 고개를 비스듬히 기울인 채 귀를 쫑긋 세우고 조용히 있었다. 아빠가 다락방 문 뒤에서 시를 낭독하는 소리가 들린다.

"시는 세상에서 가장 쓸모없는 글이면서도 무한히 숭고한 글이다."라고 누군가 이렇게 말하는 것을 들었다. 확신하건대 이 말이 정말 맞다. 인생을 살다 보면 시와 마찬가지로 무척 고귀하다고 느꼈던 것이 실제로 아무 쓸모가 없을 때가 있다.

55

계절이 여전하고 한 달이 섰는데 꿈을 잠재운다

내 두 눈에 매운 어떤 먼지 티끌 하나

마음속으로 울며 작은 대나무를 떠올린다

잠자리는 여전히 연못 대나무 다리서 목욕하려나

시외버스는 단지 하루만 내달리네

일곱 갈래 강에다 네 개 언덕

누워 듣던 집 대문 여는 소리

시간을 알았을 땐 이미 문은 닫혔다

지나간 해는 다시 돌아오지 않으리

시월 수마에 백지가 된 꿈

여기 놓인 겨울옷과 다가오는 명절

강 호수 귀뚜라미는 고향이 그리웁다

56

누나의 아빠는 시골 출신이다. 고향이 그리운 아빠가 이향민의 슬픔을 시로 썼다. 나는 시골에서 태어난 강아지다. 요전에 있었던 일이다. 장마가 지나간 후 햇살을 가만히 보던 중에 불쑥 떠오른 생각이 있었다. 그 회상이 내 영혼을 무한한 감정으로 이끌어서 눈물이 핑 돌았었다. 강줄기, 언덕, 대나무, 연못 다리, 귀뚜라미, 잠자리 모두 기억난다. 직접 본 적은 없다. 하지만 부엌에서 피어나는 연기 냄새, 금방 나무해온 땔감의 냄새, 봄 계절풍에 실려서 오는 모든 냄새를 안다. 눈으로 본 적은 없어도 고향의 것들이 친숙하게 느껴진다. 오래전부터 알고 있었던 것 같다.

누나 아빠는 강과 호수에 있는 귀뚜라미다.

나는 강과 호수에 있는 강아지다.

아빠와 나는 고향이 그립다.

단지, 나는 고향이 어딘지 모를 뿐이다. 그러나 그곳은 확실히 햇살, 바람, 나무, 들꽃으로 가득하고 새소리와 귀뚜라미 소리가 울리는 곳일 거다. 그리워할 고향이 없는 이가 어디 있을까? 나 역시 잠재의식 속에 그리운 고향이 있다.

57

각각의 냄새에 대한 회상을 일일이 말하고 그 냄새가 어떤 냄새인지를 자세히 설명하기는 쉽지 않다. 반면에 아빠가 쓴 시는 사랑과 그리움에 대해 구체적으로 나타내고 있다.

이 땅뙈기에서 태어난 나는

사랑한다 새와 나무와 집 대문을

사랑이 부엌에서 피어나는

대양에서부터 외딴섬까지 사랑한다

울타리 밑에 핀 들꽃 사랑한다

높고 높은 하늘 구름 사랑한다

인생 한가운데 태어나

친한들 친하지 않은들 다 사랑한다

불 켜진 창문을 사랑한다

나는 앉아 공부하고 우리 엄마 바느질하고

우리 아빠 밭 갈고 쟁기질하고

나는 밤과 비, 햇살 내리는 논밭을 사랑한다

우리 누나 일찍 나갔다 정오 되어 오는

나는 마을 옛길을 사랑한다

나의 은밀한 사랑

날 힘들게 한 그녀를 사랑한다

훗날 내가 생을 떠나는 날

내가 누울 낮은 언덕도 사랑한다

58

　누나의 아빠는 영락없는 시골 사람이다. 도시에서 오랫동안 살아도 출신은 변치 않는다. 아빠는 회상하는 내용의 시를 많이 쓴다. 지금 아빠가 회상 속에서 어떤 음식을 먹고 있다. 아빠가 유별나게 좋아하는 음식인 채소절임, 배추절임, 가지절임, 모닝글로리라 불리는 공심채, 염장 생선을 아빠 혼자서 회상에 잠긴 채 맛을 음미하는 중이다.

　아빠는 식사 시간에도 유별나다. 생선 젓갈인 느억맘 종지가 밥상 위에 없으면 아빠는 밥을 먹지 않는다. 그것도 시골에서 보내준 느억맘이어야만 한다. 아마도 아빠에게 느억맘은 사랑 다음으로 아주 위대한 것일 거다.

　그런데 아무리 아빠를 많이 이해하고 존경한다 해도 나와 코코는 식성만은 아빠를 따르기가 쉽지 않다. 우리는 아빠와 괴롭고 슬픈 감정도 얼마든지 함께 나눌 준비가 되어 있지만, 아빠가 좋아하는 음식만은 살짝 맛보지도 못하겠다.

　우리 강아지는 음식으로 역사를 알기 위해 혀와 이빨을 쓰지 않는다. 심지어 어느 지역의 문화와 관련된 음식이어도 그렇다.

우리는 오직 마른 새우, 치즈, 소시지를 맛보는 것만 좋아한다. 그중에서 뼈다귀를 먹을 때가 가장 기쁘다.

"식성을 보면 아빠는 정말 보수적인 사람이야."

누나 엄마의 말을 들은 아빠가 씩 웃는다.

"식성이 보수적인 종족은 그 종족만의 특색이 아주 풍부하지. 음식 속의 짠맛, 단맛, 매운맛, 신맛이 인생이 짜고, 달고, 맵고, 시다는 것을 상기시켜줘. 그래서 마음으로 먹고 마신다고 할 수 있어."

우리 강아지는 그렇지 않다. 우리는 미각, 후각으로 음식을 즐긴다.

59

누나의 아빠가 들려준 음식 이야기를 듣고 난 후, 코코가 새로운 놀이를 생각해냈다.

코코가 나에게 물었다.

"가장 좋아하는 음식이 뭐야?"

나는 아무 생각 없이 "소시지"라고 대답했다가 급히 말을 바꿨다.

"닭 뼈!"

우리 강아지는 어떤 식품이든 먹을 만할 정도로 맛이 있어야 비로소 음식이라 부른다. 여러 세대에 걸쳐서 이어져 온 우리 종족은 절대 인생에서 빠트릴 수 없는 재미인 먹는 즐거움을 계속 발전시켜 나가고 있다. 아무튼 뼈다귀는 정말 기똥차게 맛있다.

60

코코는 이 새로운 놀이를 '고백 놀이'라고 부른다. 코코가 수사하러 나온 강아지처럼 계속 질문한다.

"네 꿈은 뭐야?"

"난 커서 수레를 끌 거야!"

"수레 끈다고?"

코코가 두 눈을 똥그랗게 뜨고 나를 본다. 자신의 두 귀를 믿지 못하는 모습이다.

"응, 수레 끌 거야."

나는 고개를 끄덕이면서 내가 봤던 썰매견에 대해 말해줬다. 썰매견은 거대한 눈덩이 위에서 순록과 같이 서 있었다. 내 이야기가 코코의 머리를 통과하는 데 시간이 조금 걸렸다.

"그건 안돼. 거기는 북극이잖아."

"왜 안돼?"

"북극은 너무 멀어."

코코가 딱하다는 눈빛으로 나를 바라본다. 코코 말의 뜻은 북극이 너무 멀어서 절대 북극의 근처에도 갈 수 없을 거라는 의미였다.

"갈 수 있어!"

"불가능해!"

"북극이 있는 곳이 어느 땅끝이라도!

야밤이 내려앉아도 내 모든 날을 다해 간다.

쉬지 않고 내 모든 힘을 다해 간다.

어찌 도착하는 날이 오지 아니하겠는가!"

나는 할 말을 다 했다. 광장에서 낭독하듯이 유창하게 말했다. 시를 낭송하는 누나의 아빠를 흉내 내려고 했던 것은 아니다. 일부러 시를 쓰려고 하지 않았고 내 말이 시가 될 거로 예상하지도 못했다. 그저 내 머릿속에서 운율을 맞춘 몇몇 문장이 쏜 화살처럼 자연스럽게 튀어나왔을 뿐이다. 왜 혁명가들이 자신의 의사를 표명할 때 시를 잘 인용하는지 이제야 이해된다.

"음…. 너는 북극에 갈 수 있을 거야."

61

"가장 좋아하는 색깔은?"

"흰색."

"왜? 깨끗한 색깔이어서?"

"아니. 내가 가장 좋아하는 친구의 털 색깔이 흰색이니까."

코코의 눈을 봤다. 깜박이는 코코의 두 눈이 물방울처럼 반

짝인다. 코코는 내가 무슨 말을 하는지 충분히 이해하는 눈치다. 나는 어떤 대상을 좋아하게 되면 그 대상과 관련된 모든 것이 다 좋아진다. 그래서 이 사실을 알고 있는 코코의 두 눈이 갑자기 촉촉해졌다. 코코의 동공이 아직도 흔들리고 있다. 녀석의 코가 벌렁벌렁한다. 코코가 감동했다. 녀석이 왜 그러는지 굳이 물어볼 필요가 없다.

시간이 흐른 후, 코코가 뭔가를 말하려는데 목이 메서 말을 멈춘다. 마치 마땅히 할 말이 떠오르지 않는 것처럼 보인다.

"그럼 나는…. 검은색이 제일 좋아."

물론 검은색은 내 털 색깔이다. 내 코도 흥흥 소리를 내며 벌름벌름 움직인다.

62

코코가 만든 '고백 놀이'를 하다 보면 상대방이 두루뭉수리로 말해도 무슨 말인지 다 알게 된다. 솜뭉치지만 솜뭉치는 아니고 곰곰이 생각하는 걸 좋아하고 가장 좋아하는 일이 계단 오르기이고 가장 무서워하는 일이 계단 내려오기다. 제일 싫어하는 사람은 사팔뜨기 노인 같은 사람이고 제일 좋아하는 사람은 누나 같은 사람이다. (내가 누구를 말하는지 눈치챘겠지?) 굳이 말하지 않아도 충분히 알고 있었지만, 코코의 솔직한 생각을 직접 듣게 되니 벅찬 감동이 밀려온다. 내 마음이 마구 요동친다.

"내가 살면서 가장 잘한 일은…. 너와 친구가 된 일이야."

코코가 이 말을 하면서 어색해하고 쑥스러워한다. 하지만 나를 보는 코코의 눈빛이 정말 따뜻하다. 우정은 정말 기적 같은 일이다. 눈부실 정도로 순수하고 아무런 조건이 없다. 직접 손으로 전해준 선물을 다시 달라고 하지 못하듯이 귀한 운명으로 찾아온 우정을 어떤 누구도 빼앗아가지 못한다. 그래서 우정은 아주 오래가고 견고하다.

"우정은 격식 없는 사랑이다."라고 말한다. 나는 이 말이 참 좋다. 왜냐하면 나와 코코는 서로 격식을 갖춰야 하는 사이가 아니기 때문이다. 그래서 우리는 서로에게 좋은 친구로 영원히 함께할 거라 확신한다.

63

코코가 싫어하는 말이 있다. 바로 "짖는 개는 물지 않는다."라는 말이다. 코코는 이 말이 완전히 틀렸다고 한다. 코코의 말은 이렇다. 우리는 짖고 난 후에 바로 물 수 있다. 낯선 이를 마주했을 때 번듯한 보통 개라면 우선 짖는다. 짖는 소리를 통해 주인에게 상황을 알리고 낯선 이에게 경고 메시지를 보내기 위해서다. 낯선 이에게 짖는 소리는 '위험지역 접근금지'와 '관계자 외 출입금지' 표지판을 눈앞에 보여주는 것과 유사하다.

물론 몇몇 견종은 사람에게 훈련을 받아서 수색과 범죄 현장을 습격하는 일에 은밀하게 투입된다. 그러나 사람이 원하는 기준에 통과된 특별한 개만 가능하다. 나와 코코도 쓸모있는 견종이기는 하지만 우리 종족의 타고난 기량과 성질을 대표하기에는 역부족이다.

아무튼 우리 종족은 낯선 이를 대면할 때 우리의 본능과 강아지 세계의 도리에 맞는 방법으로 상대방을 공개적으로 대한다. 그리고 정면으로 맞선다.

64

사람도 서로 다른 인종이 있듯이 우리도 다양한 견종이 있다. 추격하는 실력이 탁월한 견종에는 비글, 폭스하운드, 그레이하운드가 있다. 운동신경이 뛰어난 견종에는 포인터, 레트리버, 코커스패니얼, 아이리시 세터가 있다. 일을 잘하는 견종에는 목양견이라 불리는 셰퍼드, 뉴펀들랜드, 테리어, 세인트버나드, 시베리아허스키 등이 있다. 내가 세 번째로 말한 종족은 평소 시각장애인을 돕고 구조 임무를 수행하고 썰매나 수레를 끈다. 나의 꿈은 여전하다. 일하는 개로 포함되어 눈썰매를 끌고 싶다. 물론 내 견종이 시베리아허스키는 아니다.

견종이야 어떻든 간에 앞에서 말한 대로 사람과 개 사이에는 공용 언어가 있다. 그건 바로 짖는 거다. 사람은 우리가 짖는 소리를 잘 듣고 무슨 의미인지 파악해야 한다. 왜냐하면 각각의 개마다 짖는 소리가 다르기 때문이다. 전달하려는 의미와 다양한 감정에 따라서도 짖는 소리가 완전히 달라진다. 우리는 짖는 소리로 경고도 하고 화도 내고 기뻐하고 한탄하며 울기도 한다. 당연히 짖는 건 사회적인 행동이다. 외딴섬에서 혼자 사는 개는 짖을 필요가 없겠지만. 아, 아니다! 혼자 사는 개도 달밤에 부르짖으니 완전히 안 짖는 건 아닐 거다.

앞서 말한 내용을 쭉 살펴보면 우리는 아주 단순하게 생각하고 행동한다. 안타까운 마음이 들 정도로 단순하다. 사실 짖는 건 그냥 짖는 거다. 아무튼 그러한 이유로 "짖는 개는 물지 않는다."라는 말에 코코가 질색한다.

"그 말을 한 사람은 바보야! 우리를 제대로 모르는 게 분명해!"

코코가 구시렁대고 있다. 코코와 나는 여전히 논의 중이다.

"음, 이 경우에는…. 이 사람은 이런 일도 가능해."

열띤 논의를 하기는 하지만 우리의 대화 내용 중에 틀린 부분이 없지는 않을 거 같다.

65

'고백 놀이'를 하다가 코코가 제일 좋아하는 관용구가 뭔지 알게 되었다. "개가 파리를 보며 하품한다."라는 관용구다. 코코의 말을 듣고 난 후 놀라며 물었다.

"왜? 그냥 '재수 좋다'라는 뜻이잖아."

"그게 무슨 뜻인지가 뭐가 중요해? 그냥 재밌어서 좋아."

"뭐라고?"

도통 코코의 말을 이해할 수가 없다. 코코가 눈을 깜박이면서 말한다.

"나 그렇게 해본 적 있어."

정말 관용구의 내용 그대로 파리를 보면서 하품해본 강아지가 있을 줄 몰랐다. 실제 일어날 수 있는 일이라고 생각지도 못했다. "개가 파리 보면서 하품한다."라는 말이 단지 비유, 은유적 표현으로 속뜻을 전하기 위한 말이라는 것을 누구나 알기 때문이다. 그러나 코코는 진짜 파리를 보면서 하품을 했다. 어이없어서 잠시 멍하게 있다가 말했다.

"너 정말 재수 좋다."

"그냥 그게 웃겨."

"아니야, 재수 좋은 거야!"

코코의 말에 반박했다.

"그 관용구의 뜻은 '재수 좋다'야. '웃기다'가 아니야."

"아니야 베또! 파리는 닭 다리 같은 게 아니잖아. 단지 개 한 마리가 파리를 보면서 하품하는 상황이 웃긴 거뿐이야. 게다가 그 관용구는 재수 좋다는 말을 비꼬는 거야."

코코가 갑자기 정색하며 말한다.

"그깟 하품 따위가 뭐라고…. 너를 만난 게 진짜 재수 좋은 일이지."

66

코코는 나의 어떤 점이 좋은지 모르겠다. 코코는 참 재밌는 친구다. 반면에 나는 의견이 대립할 때마다 냉철하게 말하는 편이어서 재미도 없고 정떨어지게 한다. (나는 무뚝뚝하지 않다. 그저 토론을 즐길 뿐이다.) 아마도 내가 녀석을 좋아하니까 코코가 나를 좋아하는 거 같다. 사람도 마찬가지일 거다. 어떤 사람을 좋아하게 되는 이유가 단지 상대방이 자신을 진심으로 사랑하기 때문일 수도 있다. 우리 영혼은 다른 영혼으로부터 사랑의 응답을 기다리기 위해 태어난다. 마치 여름철 계절풍이 지나갈 때 아름다운 소리를 내려고 피리가 기다리는 것처럼 말이다.

곡예 하는 강아지로 서커스 무대에 서는 일이 코코의 꿈이라고 한다. 코코의 말을 듣고 난 후 너무 웃겨서 배를 잡고 웃었다.

"서커스? 두 다리로만 걸을 수 있어야 하고 꼬리 위에도 앉을 수 있어야 하는데?"

몸을 일으켜서 앉은 후 속에 있는 말을 다 했다.

"할 수 있어!"

코코가 갑자기 뒷발로 일어선다. 코코를 빤히 쳐다봤다. 높은 탑만큼 키가 훌쩍 커진 코코를 보니 감탄이 절로 나온다. 그러나 금세 비틀거리더니 몇 발자국 못 가서 황급히 앞발을 내린다.

"연습할 거야! 그러면 나도 서커스 할 수 있어."

코코가 굳은 의지로 가득한 눈빛을 나에게 보낸다. 나는 코코가 할 수 있을 거라 믿는다.

67

하지만 곡예 하는 강아지에게 두 다리로 걷는 일은 그다지 어려운 종목이 아니다. 코코의 눈치를 살피느라 주위를 세 바퀴

돌았다. 그리고 망설이다가 말했다.

"너 불타는 고리 통과하기가 뭔지 알아?"

"응, 알지. 할 수 있어!"

"진짜?"

"엄청난 일이지만 누구나 가능해. 그래서 나도 할 거야!"

내가 왜 내 친구의 꿈에 대해 그렇게 말을 했는지 모르겠다. 코코가 충분히 서운할만하다. 코코가 사람이었더라면 벌써 입이 툭 튀어나왔을 거다.

"계단도 못내려오는 겁쟁이가 무슨 수로 불 고리를 통과해?"

"야! 베또!"

코코가 소리를 지른다. 아주 격양된 목소리다. 방금 내가 돌이키지 못할 실수를 저지른 게 틀림없다.

68

누구나 이런 실수를 저지른 적이 있을 거다. 아마도 어린 시절에 그랬을 거다. 너무 어릴 때는 꿈이 뭔지 알지 못한다. 때로는 꿈이 반드시 이루어야 하는 일이 아닐 수도 있다. 게다가 평생 능력이 부족해서 꿈을 이루지 못하기도 한다.

이다음에 농구선수가 되고 싶은 난쟁이를 만날 수도 있다. 커서 축구 스타가 되고 싶지만, 다리가 기형인 아이를 만나게 될지도 모른다. 하지만 절대 이들의 꿈을 비웃으면 안 된다. 꿈의 의미가 반드시 현실적인 능력과 부합되는 것만은 아니라는 사실을 언젠가 깨닫게 될 것이기 때문이다.

순수함으로 전지전능한 신이 되어 뭐든지 실현할 수 있는 상상의 세상 속에서 비로소 꿈의 진정한 가치를 발견하게 된다. 꿈은 꿈이 있는 사람에게 자신만의 감정을 따라 새로운 삶을 살도록 해준다. 이 점이 가장 중요하다. 이처럼 꿈은 자신의 운명에 드리운 구김을 펴는 정신적인 행위일 뿐만 아니라 자신 안에 숨은 잠재력을 발견하도록 도와주는 매개도 될 수 있다.

69

누나의 아빠는 "여기 놓인 겨울옷과 다가오는 명절"이라는 글을 쓴 적이 있다. 그런데 아빠가 외투를 입은 모습을 단 한 번도 본 적이 없다. 반면 나와 코코는 외투를 입어본 적이 있다. 누나가 아주 긴 천으로 옷을 만들어서 입혀줬다. 그 옷은 직사각형 모양의 천 조각에 다리를 넣는 구멍 네 개를 뚫고 배 부분에 단추를 달아놓은 옷이다. 나는 파란색 줄무늬 옷을 입었고 코코는 노란색 줄무늬 옷을 입었다. 둘 다 멍하니 서서 어리둥절했다. 그리고 서로 처음 만난 강아지라는 듯이 얼굴만 빤히 쳐다봤다. 이렇게 낯선 경험도 정말 재밌다.

누나의 할머니가 아빠를 부르신다. 아빠는 할머니 집 장롱을 오른쪽으로 옮기고 탁상을 왼쪽으로 옮기고 소파는 구석으로 바짝 밀었다. 누나의 엄마는 이러한 분위기가 좋은가 보다. 작년에는 주방으로 통하는 문턱 위에 놓여있던 찻장을 올해는 조금씩 옮겨서 거실에 뒀다. 시계는 벽에 걸었다. 물론 시계 위치도 이전과 다르다. 전에는 시곗바늘이 남쪽에서 돌고 있었는데 지금은 동쪽에서 돌고 있다. 내가 보기에는 시계 위치를 바꾼다고 시간을 더 정확하게 아는 데 별다른 도움이 될 거 같지는 않은데 말이다.

집안에 새 가구를 들이지는 않았다. 대신 가구의 위치가 이전과 많이 달라졌다. 그래서 이사한 집에 온 것 같은 느낌이 든다. 코코와 나는 집 안 구석구석을 탐색했다. 장롱 아래와 소파 아래에 기어들어 가 보기도 하고 의심 가는 모든 물건의 냄새를 맡아봤다. 새로워진 가구의 배치에 익숙해질 때까지 몇 주 동안 낯선 느낌에 압도되었다.

이 일은 아주 사소한 경우다. 누구나 주어진 상황을 바라보는 시각만 다르게 한다면 사는 게 별거 아니라는 사실을 깨닫게 된다. 이전과 다른 시선으로 당신이 사는 곳을 바라보게 된다면 세상을 바라보는 관점도 달라질 거다.

70

초봄 날씨는 여느 때와 다르다. 이때는 저녁을 먹는 시간이 지나고 나면 날씨가 쌀쌀해지기 시작한다. 그래서 우리는 밤에만 옷을 입는다. 지붕 위에 앉아있는 들고양이들이 콜록거리는 소리가 들린다. 여러 날 밤을 옷장 뒤로 기어들어 가서 잤다. 창문에서 멀리 떨어져 있는 곳이기 때문이다. 코코랑 서로 몸을 맞대고 비비면서 자는데도 몸이 오들오들 떨린다. 추워서 덜덜 떠는 소리가 화음을 이루어 집 안에 울려 퍼진다.

긴 옷을 한 겹 더 입었다. 불붙은 석탄에 부채질할 때처럼 몸이 따뜻해졌다. 나는 다시 꿈을 꾼다. 꿈속 초원, 낯익은 들판에서 코코와 장난친다. 둘이서 원 없이 놀고 마음껏 뒹굴었다. 이번에는 옷을 입고 있어서 새하얀 코코의 털이 더러워지지 않았다. 하지만 옷이 너덜너덜해졌다. 이후에도 여러 날 동안 내 꿈속은 아주 따뜻했다. 아침에 눈뜰 때까지 포근했다.

햇살이 비치자 누나가 한 마리씩 안아서 옷을 벗겨준다. 한 손으로는 우리가 움직이지 못하게 붙잡은 채 다른 손으로 옷 단추를 푼다. 코코를 계속 쳐다보니 뭔가 이상하다. 이번에는 코코의 몸에 있던 노란색 줄무늬가 없어져서 낯설게 보인다. 코코가 어젯밤 내 꿈속에서 나올 때 급하게 서둘러서 나오느라 꿈속 어딘가에 옷을 떨어뜨려서 그런가 보다. 확실히 그런 거 같다!

기

누나 아빠는 아직도 어린아이처럼 돼지 저금통을 쓴다. 아빠가 일하는 다락방의 책장 위에는 배가 둥근 돼지 한 마리가 있다. 다락방에 놀러 갈 때마다 고이고이 돈을 접은 후 돼지 등에 난 구멍으로 조심스레 돈을 집어넣는 아빠의 모습을 많이 목격한다.

"돈은 인생에서 가장 중요한 것이 아니다."라는 말을 들은 적이 있다. 그렇지만 돈의 가치를 무시해서는 안 된다. 물질적인 것을 경멸하듯이 돈을 업신여기는 사람이 있다. 그런 사람들은 돈이 더럽다고 생각한다. 더러운 방법으로 돈을 모으는 사람을 봤기 때문이다.

만약 정직하게 열심히 일해서 돈을 모았다면 틀림없이 자신이 모은 돈에 대해 떳떳할 것이다. 부지런한 정원사가 매일 손바닥에 굳은살이 베이도록 꽃과 열매를 가꾸는 것과 같이 정직하게 일하는 선량한 노동자는 언제나 돈을 고귀하게 생각한다.

우리 강아지는 직접 돈을 쓰지는 않아도 돈의 가치를 잘 안다. 그리고 정직한 돈은 노동자가 흘린 땀에 대한 성과이면서 노동의 척도가 된다는 사실도 안다. 노동자의 땀 냄새가 돈에 배어있기 때문에 그 사실을 알 수 있다.

72

아빠가 돼지 저금통에 돈을 집어넣을 때 분위기가 숙연한 것처럼 저금통에서 돈을 꺼낼 때도 아빠의 태도가 아주 엄숙하다.

아빠는 마당에서 돼지 저금통을 깨부수지 않는다. 대다수 사람은 돈을 꺼낼 때 돼지 저금통을 박살 낸다. 어린아이들은 돈을 꺼낼 때 이렇게 한다. 우선 돼지 저금통을 마구 흔들면서 덜그럭거리는 소리를 듣고 기뻐한다. 그런 후 마당에서 돼지 저금통을 박살 낸다. 알을 까듯이 나온 돈을 바라보며 행복해한다. 차곡차곡 포개져 있거나 네모반듯하게 접혀있던 지폐가 돼지 저금통 파편 사이에서 예기치 않게 튀어나오기도 한다. 꽉꽉 눌러 접어서 저금통에 마구 집어넣었던 돈이 여기저기서 마술처럼 불쑥 나오기도 한다.

아빠가 날카로운 칼로 돼지 저금통의 배에 있는 플라스틱 뚜껑에 애써서 구멍을 낸다. 그런 후 돈을 꺼내는데 몰두한다. 돈을 한 장씩 당겨서 꺼내는데 동작이 아주 신중하고 규칙적이다. 그렇게 해서 마지막 돈까지 다 빼냈다. 플라스틱 뚜껑을 모두

잘라내고 돼지의 배에 난 구멍 크기에 맞춰서 테이프를 붙인다. 의사가 환자의 상처에 붕대를 감아주듯이 돼지를 치료하는 아빠의 손길이 아주 조심스럽다.

다른 사람처럼 아빠가 돼지 저금통을 깨부수지 않고 왜 이렇게 돈을 꺼내는지 문득 이해가 간다. 아마도 아빠의 마음에는 돼지 저금통도 하나의 소중한 생명으로 여기는 마음이 있어서일 거다. 도자기 돼지 저금통은 생명력이 있는 흙으로 만들어졌기 때문이다. 그래서 돈을 꺼내기 위해 아빠가 이러한 방법을 택한 거 같다. 돼지 저금통을 들고 있는 아빠의 모습을 보니 "마음이 내키지 않는다."라는 말이 생각난다.

73

누나의 아빠에게는 조카가 있다. 아빠를 작은아버지라 부르는 조카들은 아주 먼 곳에서 산다. 아빠가 너무 기뻐서 흥분한 목소리로 누나의 엄마한테 말한다.

"이번 설에 조카들이 우리 집에 온대!"

조카 집 형편이 그리 넉넉하지 않다. 그래서 아빠가 세뱃돈 봉투에 얼마를 넣을지 고민하다가 돈을 넣은 세뱃돈 봉투를 서랍 속에 잘 넣어둔다. 그 돈은 일전에 아빠가 돼지 저금통의 뱃속에서 꺼낸 돈인 게 틀림없다.

"왔다!"

아빠의 조카들이 우리 집에 도착했다. 조카들은 모두 여섯 명이다. 다들 저렴하지만 예쁜 옷으로 한껏 차려입고 왔다. 조카들은 시골 사람이다. 나는 냄새를 맡고 알았다. 멀찍이 떨어져 있어도 조카들의 체취가 내 코앞에까지 풍기기 때문이다. 그 냄새에는 쟁기로 갈물이 한 땅 냄새, 썩은 나무 냄새, 마른 소똥 냄새, 장작 태운 냄새, 햇빛에 머리카락이 탄 냄새, 빗물 냄새 등이 섞여 있다. 여느 시골 사람처럼 조카들이 가만히 있지 못한다. 조카들의 목소리는 귀가 따가울 정도로 아주 크다. 조카들이 가끔가다가 바닥을 더럽히기도 한다.

74

조카들은 묘한 감정을 불러일으키는 재주가 있다. 누나의 가족과 조카들이 서로를 끌어안고 눈물을 왈칵 쏟는다. 그동안 애정을 많이 줬던 소중한 것을 잃어버렸다가 방금 막 찾은 것 같은 기분을 만끽하는 듯하다.

아빠가 두 팔을 벌리자 조카들이 환하게 웃는다. 웃으면서 옷소매로 눈물을 훔친다. 우리는 멀리서 가만히 지켜보고 있다. 같이 웃다가 울기도 하는데 언제 기뻐하고 언제 슬퍼하는지를 도무지 모르겠다. 유식한 인생 선배 코코가 내 몸에다가 주둥이를 비비면서 조용히 말한다.

"모두 기뻐 보여."

"다 울고 있잖아."

코코가 나를 딱딱한 강아지 동상을 보듯이 쳐다본다.

"너무 기뻐서 그러잖아. 평소와 반대로 말이야."

75

조카들은 우리 집에서 단 하루만 머문 후 다른 친척과 지인을 만나러 가야 했다. 단 하루여도 모두가 모인 특별한 날이어서 오르락내리락하고 요리하고 먹고 마시고…. 입과 손발을 한시라도 가만히 두는 사람이 없다. 말하고 웃고 울고 코를 풀고 난 후 서로 안아주며 다독여주고 또 말하고 웃고 울고 코를 풀고….

어느덧 저녁이 되었다. 조카들이 이제 떠나야 함을 알린다. 아빠가 미리 준비해 놓은 세뱃돈 봉투를 꺼낸다. 그리고 조카의 손에 꼭 쥐여준다.

"작은아버지, 너무 많이 주셨어요."

제일 어린 조카가 봉투를 열어보더니 소리를 지른다. 아빠가 조용히 엄마의 눈치를 살핀 후 슬며시 주의를 돌린다.

"새해 선물이니까 당연히 두둑하게 줘야지."

"그래도 오십만 동은 너무 많아요." [베트남에서 오십만 동은 대략 원화로 이만 사천 원 정도다]

누나 아빠의 얼굴이 순간 굳어지면서 넋 놓은 표정을 짓는다. 지금 아빠의 모습만 보면 몇 초간 지구가 자전을 멈추고 있는 것만 같다. 아빠의 모든 추측이 한 곳을 향한다. 엄마는 어느새 어디를 갔는지 보이지 않는다. 아빠는 그 당시의 상황을 정확하게 진술할 수 있을 거다. 누군가 몰래 봉투 안에 돈을 더 넣었다는 사실을 아빠가 순간적으로 알아챈 눈치다. 이처럼 어떤 일을 아무도 모를 거로 생각하지만 자신이 비밀 창고의 열쇠를 가진 유일한 사람이 아닐 때도 있다는 것을 당신과 우리는 잘 알고 있다.

76

가장 큰 명절인 뗏이 지났지만 여름이 오려면 아직 한참 멀었다. [베트남에서 'Tết 뗏'은 한국의 음력 설과 같은 큰 명절이다] 날씨가 아직 춥다. 밤마다 바람이 문틈을 비집고 들어오려고 애를 쓴다. 며칠 동안 평소와 다르게 기온이 많이 내려갔지만 우리는 지난주처럼 추위 때문에 잠을 설치지는 않는다.

코코와 나는 여러 날 밤을 따뜻한 옷 속으로 기어들어 가는 것도 모자라서 서로를 꼭 껴안고 잤다. 그래도 집안을 기어 다니는 서리의 차디찬 손길이 여전히 느껴졌다. 우리는 해가 담장 위로 떠서 완전히 보일 때까지 한밤중 내내 서로의 몸을 쓰다듬어준다.

어느 날 아침, 코코와 나는 잠에서 깬 후 밖으로 기어 나와서 서로를 가만히 쳐다봤다. 마음이 편안하다. 그러나 새하얀 입김을 보니 추위가 살짝 겁난다.

누나는 우리가 낮에도 옷을 입고 다니게 한다. 밤이 되자 우리는 긴 매트 위에 누워서 털이 부드러운 담요를 덮었다. 마치 우리가 거무죽죽한 잿더미 속에 파묻혀 있는 것처럼 보인다.

77

담요 속에서 콜록거리는 소리가 새어 나온다. 기침 소리가 온 집안에 울려 퍼진다. 가족 모두가 그 소리를 들었다. 어젯밤에는 이런 소리가 들렸다. 어떤 펌프에 이물질로 꽉 막힌 듯한 소리였는데 바로 코코가 끙끙대며 숨을 쉬는 소리였다.

코코가 안긴 채 집 한가운데로 나온다. 누나와 누나의 아빠, 엄마 모두 코코의 주위를 빙 둘러서 무릎을 꿇고 허리를 굽힌 채 눈으로 조심스럽게 코코의 몸을 살펴본다. 그리고 틈틈이 코코의 몸에 귀를 갖다 대고 숨 쉬는 소리를 듣는다. 코코가 고개를 들어서 모두를 안심시키려고 한다. 심각한 건 아니라는 듯한 눈빛으로 쳐다보지만 이내 고개를 숙이고 등을 구부려서 이상한 자세로 숨을 헐떡거린다. 멀찍이 서서 지켜보니 코코의 몸속에서 숨이 꼴깍꼴깍 넘어가는 소리가 들린다. 지금 코코가 몸속에 침입한 괴물을 상대하는 중인지도 모른다는 생각이 들어서 저절로 꼬리가 내려간다.

누나가 코코를 쓰다듬으면서 말한다.

"아빠, 코코가 많이 아픈가 봐."

엄마도 걱정하는 기색이 역력하다.

"까딱 잘못하면 폐렴 걸릴지도 몰라."

78

점심때가 되자 수의사가 나타났다. 수의사는 여느 의사처럼 의사 가운을 입지 않고 왔다. 어깨 한쪽에 가방을 메고 진찰 도구와 약통을 들고 온 모습이 물건 들고 집마다 돌아다니는 세일즈맨의 모습과 따로 없다.

나는 살짝 열린 문틈 사이로 고개만 넣어서 상황을 살폈다. 누나가 코코를 안고 있다. 수의사가 귀에 청진기를 꽂은 후 청진기의 끝을 코코의 몸에 갖다 대며 진찰을 한다. 코코가 막 움직여서 수의사가 진찰하는 데 애를 먹는다. 수의사가 코코의 엉덩이에 주사를 놓으려고 하는 순간, 코코가 갑자기 수의사 쪽으로 몸을 돌린 후 으르렁거리며 송곳니를 드러낸다. 어쩔 수 없이 누나가 코코의 머리를 품에 꽉 안은 채 등을 쓰다듬어준다.

"착하지, 코코."

코코가 바로 반응을 보인다. 얌전해졌다. 천천히 고개를 돌린 후 온순하게 몸을 아래로 굽힌다. 코코의 태도가 왜 변한 거지? 코코가 누나의 말을 잘 들어서인가? 아니면 순간적으로 아픈 몸을 치료하기 위해 잠시 작은 고통을 참는 게 더 현명하다는 생각이 들어서 그런가?

79

수의사가 우리 집을 여러 차례 방문했다. 그날 이후로 코코는 누나의 품에 안긴 채 주사를 다 맞을 때까지 옴짝달싹하지 않는다. 코코가 작은 소리로 낑낑거리지도 않았더라면 녀석이 하얀 솜인형으로 보였을 거다.

"요 강아지 녀석, 참 겁 많네. 토끼 아니야?"

수의사가 코코의 엉덩이에서 주삿바늘을 빼면서 익살스럽게
말한다.

"아니야! 뭘 알지도 못하면서!"

수의사가 돌아가자마자, 실내 간이 울타리 건너편에서 코코가
화를 내며 말한다. 코코의 말을 잘 들어보니 자신이 의사고 수
의사는 의사인 척하는 것뿐이라고 말하고 있다.

80

얇은 판자를 연결해서 만든 실내 간이 울타리는 수의사의 조
언대로 집안에 세워졌다. 수의사가 우리 집을 처음 방문한 날,
이렇게 말했다.

"이 두 마리를 떼놔야 해요. 안 그럼 이 강아지가 병을 옮길
지도 몰라요."

그날 오후, 누나의 아빠가 집안 창고에서 색이 바래고 먼지
투성이인 판자를 꺼내 왔다. 그리고 호기심이 어린 시선으로 바
라보는 우리 눈앞에서 뚝딱뚝딱 뭔가를 열심히 만들었다. 삼십
분쯤 지난 후 와서 보니 울타리 문 같은 것이 집안에 떡하니 들
어서 있었다. 우리 집 앞쪽과 뒤쪽을 이어주는 마루를 딱 막고
있었다. 코코는 저쪽에 있고 나는 이쪽에 있다.

코코가 있는 쪽으로 다가가서 울타리의 냄새 좀 맡아본 후

서로 연결해 놓은 판자 사이의 틈새에다가 주둥이를 밀어 넣었다. 그런 후 슬퍼하며 말했다.

"우리 같이 놀게 해줘요!"

81

우리는 투명 강아지와 대화하듯 간이 울타리를 사이에 두고 이야기를 했다. 코코의 목소리가 들리고 코코도 내 목소리를 들을 수 있다. 하지만 서로를 볼 수는 없다. 코코가 수의사를 헐뜯을 때, 코코의 말에 반박했다.

"겁쟁이들이나 낑낑거리잖아. 수의사 아저씨 말이 딱 맞네."

"맞긴 뭐가 맞아!"

코코가 욱해서 발로 울타리를 할퀸다. 그때 내가 "깨갱" 소리를 냈다. 정말 놀라서 그런 게 아니라 하나도 안 무서워서 소리질렀다. 그런 후, 방금 들은 코코의 말이 무슨 의미일지를 생각하느라 잠시 조용히 있었다. 아직 화내면서 말하는 강아지를 본 적이 없다. 그래서 코코의 말을 그대로 믿어야 할지 아닌지를 도무지 모르겠다.

"너 주사 맞을 때 정말 하나도 안 아팠어?"

"응, 조금도 안 아팠어."

코코의 말에 반신반의했지만 더 묻지 않았다. 갑자기 코코가 헛기침해서 머릿속이 복잡해진다.

요즘 잠잘 시간이 되면 누나는 울타리를 사이에 두고 나와 코코를 나란히 눕힌다. 자다가 울타리에 등을 기대면 울타리 너머로 코코와 몸을 기대고 있는 듯한 느낌이 든다. 아직도 밤마다 코코의 기침 소리가 들린다. 밤중에는 코코의 숨소리가 더 무겁게 들리는데 가끔 숨을 멈칫거리기도 한다. 그럴 때마다 재밌는 생각이 든다. 코코가 꿈속에서 계단을 올라가는 내 모습을 쳐다보고 있는데 그 계단이 우리 집의 계단보다 백 배나 더 높은 건 아닐까?

82

코코가 일주일 내내 주사를 맞았다. 수의사가 우리 집을 방문한 지 칠 일째 되던 날, 진료 도구 상자를 닫고 웃으면서 말했다.

"주사 더 안 맞아도 되겠네요. 다 나았어요."

정말 그랬다. 수의사가 우리 집에 올수록 코코의 기침이 점차 줄어들었다. 수의사의 말대로 코코가 완치된 것이다. 울타리 너머로 들렸던 코코의 숨 가쁜 소리가 이제 들리지 않는다. 수의사의 진찰 소견이 재판장에서의 무죄 선언처럼 해방감을 준다. 엄마가 손으로 가슴을 쓸어내리면서 말한다.

"정말 다행이야."

아빠는 코코를 자세히 보기 위해 안경을 벗는다.

"다 나을 줄 알았어. 원래 애들은 아프면서 크잖아. 고구마 같은 녀석."

고구마는 고구마다. 일반적으로 건강한 강아지를 고구마에 비

유하지 않는다. 아빠는 정말 영락없는 시골 사람이다. 누나가 코코를 안고 예뻐하면서 말한다.

"이제 베또랑 놀 수 있겠다!"

나는 누나의 이 말이 제일 좋다. 항상 그랬지만 누나는 나와 코코의 말을 잘 들어준다. 우리가 누나의 말을 잘 듣는 거처럼. 사실 누나는 강아지의 말을 듣지 못한다. 하지만 누나는 우리의 마음을 완전히 이해한다. 공감 또한 경청하는 거와 같다. 마음이 또 다른 귀이기 때문일 거다.

83

바람이 여전히 쏜살같이 다니면서 나뭇가지를 거칠게 다룬다. 집 밖 난간을 따라 부엌으로 가는 길에 작디작은 정원이 있다. 정원에는 관상용 나무 화분이 있다. 대충 잘라놓은 양철판 위에 화분이 올려져 있다.

"도심 속 작은 고향이 필요해!"

아빠가 이렇게 말한 후 표면이 거칠고 가시가 돋아난 나무를 부엌 안으로 옮긴다. 화분의 흙이 문밖에서부터 부엌에까지 떨어진다.

대나무, 구아바 나무, 레몬 나무. 아빠는 그저 고향 생각만 하는 게 아니다. 고향을 사무치게 그리워한다. 나무 화분이 놓여 있는 모습이 아빠가 어릴 적에 놀던 정원의 모습과 비슷하다고 한다. 아빠가 말해줬다. 그리고 자랑하듯이 아빠의 어린 시절 이야기를 들려준다. 아빠가 어렸을 때, 여름이면 지금 여기 모습과 흡사한 고향 마당에서 막 뛰어다니고 아무 데나 기어 올라가기도 하고 장난치며 놀았다고 한다.

우리 집 작은 정원에는 요즘 오후마다 내리는 굵은 빗줄기로 정신이 없다. 비가 그친 후, 정원에는 날지 못하는 새 한 마리가 앉아있다. 온 세상이 시퍼렇게 보일 정도로 추운 날씨는 나뭇가지의 새순도 주춤하게 하고 집안에 입김이 가득하게 한다. 이런 날씨를 '때늦은 비'라 부른다고 한다. 엄마가 알려주면서 한숨을 푹 내쉰다. 그리고 이럴 때 조심하지 않으면 언제든 갑자기 아프게 될지도 모른다고 말해준다. 코코가 나를 쳐다본다.

"나는 네가 걱정돼. 매달 두 번씩 다치는 강아지는 너밖에 없을 거야."

84

유행성 계절병은 때늦은 비를 타고 와서 모두를 걱정하게 한다. 하지만 나는 평소처럼 싱글벙글한다. 코코와 부엌 찬장 밑으로 기어들어 가서 자리를 잡고 눕는다.

"이거는 몇 번째 재밌는 일이야?"

코코 쪽으로 몸을 돌린 후 나지막한 소리로 물었다.

"그건 중요하지 않아. 그냥 지금 재밌다는 게 중요해."

그렇다. 진짜 재밌다. 코코가 병치레한 지 얼마 지나지 않았고 수의사한테 겁쟁이 토끼라는 치욕스러운 말을 듣기도 했지만, 코코의 의젓한 태도를 보니 여전히 존경할 만한 인생 선배라는 생각이 든다.

"응."

나는 차분한 목소리로 대답했다. 그런 후 안락한 찬장 아래서 밖으로 고개를 내밀고 빗속에서 나뭇가지가 춤추는 풍경을 감상했다. 나뭇가지가 바람에 이리저리 흔들리는 모습이 내 눈에는 아이들이 시소를 타고 노는 모습처럼 보인다. 꼬맹이들이 공원에서 시소를 타고 노는 걸 본 적이 있다. 우리 강아지는 몸을 좌우로 막 흔들어대면서 소리를 마구 질러댈 때 시소를 타는 것 같은 재미를 느낀다. 그런데 나뭇가지는 비명을 지르지 못한다. 우리처럼 마구 소리치고 싶어 하는 거 같다.

어쩌면 코코랑 깊이 잠든 사이에 나뭇가지들이 아주 크게 소리를 지른 적이 있었는지도 모르겠다. 나뭇잎이 아우성치는지, 책이 웃으며 말하는지, 벽돌이 뛰어다니는지, 다리가 신세를 한탄하는지를 당신도 잠에 깊이 빠졌을 때는 알 수 없다. 우리가 잘 때, 세상은 우리가 본적 없는 기적들로 가득해진다. 당신이 잠든 사이에, 아빠와 엄마가 당신을 얼마나 사랑스러워하며 이마에 뽀뽀를 많이 해줬는지를 아마 모를 거다.

85

"코코야."

바람에 커튼이 흩날리듯 내리는 비를 보면서 말했다.

"네가 아팠지만 지금은 괜찮잖아. 나는 이번 일이 제일 재밌어."

아직 코코의 대답을 듣지 못했다. 빗물이 양철 지붕을 두드리는 소리만 들린다. 빗줄기가 가늘어질 때는 빗소리가 이별하는 듯한 발소리처럼 들린다. 코코에게 말하고 난 후 한 세기의 시간이 흘러간 듯한 느낌이 든다.

정말 걱정된다. 코코가 걱정되고 나도 걱정된다. 코코가 겪었던 일을 나도 겪게 된다면 어떻게 살아야 할지 상상도 못 하겠다. 확실히 죽을 만큼 슬플 거다. 그냥 혼자서 이래저래 중얼거리고 있다. 내가 이렇게 길게 생각하고 있다는 사실이 놀랍다.

"내가 죽으면 나를 기억해 줄 거야?"

빗소리에 잠을 깬 강아지처럼 코코가 생뚱맞은 말을 한다. 아주 고리타분한 질문이다. 이런 질문은 인생과 관련된 묵직한 주제의 이야기를 나누다가 더는 할 말이 생각나지 않을 때 등장한다. 안타깝게도 지금 이 질문에 내가 답하고 있다.

"당연하지. 영원히 기억할 거야. 언젠가 내가 너를 따라 죽을 때까지."

"내가 누군가의 기억 속에 계속 남아 있다면 나는 죽는 게 아니야."

코코가 진중한 목소리로 말한다. 코코가 진지하다는 것을 느꼈다. 하지만 코코의 말이 무슨 뜻인지 도통 모르겠다. 그 말이 이해되지 않아서 어떤 의미일지를 며칠 동안 깊이 생각해봤다. 나에게 죽음은 어둠 그 자체이다. 그런데 코코는 거의 죽을 뻔했으면서도 그때의 일을 떠올릴 때마다 슬퍼하는 기색을 전혀 보이지 않는다.

86

코코는 건강하게 잘 지내고 있다. 병이 완치된 날 이후로 코코가 숨을 헐떡이느라 몸을 구부린 적이 없다. 코코는 운이 좋았다. 하지만 누나의 증조할머니는 유난했던 동장군의 기세에 저항하지 못했다. 한밤중에 전화가 온다. 누나 친구의 전화다. 누나가 꺽꺽 소리를 내며 말한다.

"할머니가 돌아가셨어."

할머니처럼 천식을 앓는 사람은 기관지를 이완시키는 스프레이 약을 항상 휴대해야 한다. 그리고 때때로 몸이 매우 피곤할 경우, 산소통과 연결된 호수에 의지해야 숨을 쉴 수 있다. 할머니는 여러 해를 그렇게 보내셨다.

올해는 날씨가 유별나다. 몇 년 전까지만 해도 이렇게 춥지는 않았다.

"겨울이 이렇게 긴 적이 없었어."

누나의 엄마가 말했다. 겨울이 발을 헛디뎌서 미끄러졌는지 겨울밤과 봄 사이에 걸쳐 버렸다. 결국 누나의 증조할머니는 돌아가셨다.

87

누나는 눈이 빨개졌다. 누나가 나와 코코의 목을 끌어안는다.

"이제 할머니를 볼 수 없어."

코코에게 들었던 말이 떠오른다. 여전히 할머니를 기억한다면 할머니는 내 인생에서 계속 살아 계시는 거다. 하지만 할머니 댁에서 사는 고양이 황구가 할머니의 품으로 와락 달려들어서 애교부리는 모습을 이제는 볼 수 없다. 그리고 미소를 지으면서 "말썽 피우지 않는 강아지는 내다 버려!"라고 말씀하시는 할머니의 목소리도 더는 듣지 못한다. 머릿속 여러 생각을 감당하기 힘들어지자 낑낑대는 소리를 냈다. 누나가 내 목을 쓰다듬는다.

"그만 울어. 나도 슬퍼."

정말 슬프다. 할머니 댁으로 갈 때 지났던 좁은 골목길이 생각난다. 할머니 댁의 울타리 입구에 핀 부겐빌레아가 생각나고 흰 조약돌처럼 바닥에서 뒹굴던 덜 익은 자두도 생각난다.

이렇게 익숙한 장면들이 머릿속에서 떠오르는 대로 회상하고 나면 영혼이 천천히 녹아 굽이굽이 흘러가 별 아래로 향하는 사랑의 길에 매이게 된다. 이런 시간은 영혼을 더 성숙하게 한다. 인생 선배 코코가 말을 덧붙인다.

"그리고 더 고상하게 돼."

88

일주일 후, 누나가 증조할머니 댁에 있던 범구를 우리 집으로 데려온다. 내 코가 아니었다면 이 강아지가 범구인지 알아보지 못했을 거다. 범구의 얼굴에 방황하는 기색이 역력하다. 전쟁터에서 이제 막 나온 것처럼 야위어 보인다. 누나가 말해준다.

"할머니가 안 보이는 날부터 범구가 아무것도 안 먹었어."

범구가 먹지도 마시지도 않는다. 장난치지도 않는다. 우리 집에 도착하자마자 범구가 구석으로 기어들어 간다. 머리가 너무 무거운지 잠시 고개를 숙였다가 앞다리 위에 머리를 대고 눕는다. 코코와 같이 발끝으로 조심히 걸어가서 범구의 주변을 맴돌았다. 범구를 세세히 살펴봐도 범구는 나와 코코에게 투명한 강아지를 대하듯 한다. 범구는 여전히 누워있는 자세로 미동도 없다. 심지어 범구의 눈앞을 지나다닐 때, 분명 범구가 눈을 뜨고 있는데도 아무런 반응이 없다. 결국 어쩔 수 없이 발로 범구의 등을 살짝 건드렸다. 아주 살짝 그랬다.

"너 정말 아무것도 안 먹을 작정이야?"

말썽꾼 범구가 벙어리가 된 건 아닌지 살짝 의심된다.

"계속 그럴 거야? 너 그러다 죽어."

다시 말을 걸어봐도 범구는 평소처럼 으르렁거리지도 않는다. 범구는 죽음을 두려워하지 않는 모습이다. 어쩌면 범구는 죽음을 생각하고 죽음은 범구를 생각하고 있는지도 모른다. 범구와 죽음이 서로를 만날 시간만 기다리고 있는 건 아닐까?

89

경사 아래로 굴러떨어지는 오토바이 한 대를 보는 것 같다. 누나가 범구를 안쓰럽게 바라본다. 애통해하고 자포자기 심정인 누나의 눈을 보니 내 마음이 누나의 눈에 비치는 것 같다. 누나는 어두운 생각을 떨치려고 고개를 가로젓는다.

"그렇다면야 어쩔 수 없지…."

누나가 범구에 대해 말하고 있다. 하지만 자기 자신을 어떻게 할 수 없는 범구의 행동이 충분히 이해된다. 범구는 돌아가신 할머니를 향한 사랑에 깊숙이 지배되어 슬픔에 잠겼기 때문이다. 지극히 자연스러운 반응이다. 슬픔에 에워싸이면 그토록 원하던 일도 하고 싶지 않게 된다. 그리고 자신을 깊은 고독 속에 묻게 된다. 우리 강아지는 항상 옆에 있던 친한 사람이 보이지 않을 때 슬퍼질 뿐만 아니라 끝이 없는 불안감에 빠지게 된다. 강아지의 이런 점은 어린아이와 닮았다.

90

사흘 동안 범구가 밥그릇에 주둥이를 갖다 대지도 않는다. 코코와 같이 범구한테 여러 번 충고했다. 그러나 아무런 소용이 없다. 그저 서로 곁눈질만 하면서 범구와 사별하는 날을 생각해 보게 된다. 멀지 않아 슬픔이 밀려올 것 같은 예감이 든다. 누나의 아빠가 머리를 긁적인다.

"뭘 어떻게 해야 하지?"

누나의 엄마가 손으로 얼굴을 감싼 후 등을 돌린다. 얼굴을 가린 손가락 사이로 가느다란 목소리가 흘러나온다. 집 안에 울려 퍼진다.

"모르겠어요."

누나가 범구를 쓰다듬더니 갑자기 벌떡 일어선다.

"한 가지 방법이 있어요!"

엄마가 고개를 들고 누나를 본다. 의심이 가득한 목소리로 묻는다.

"무슨 방법?"

"할머니한테 다 이를 거예요."

누나가 무슨 수수께끼를 내는 거 같다. 누나가 너무 슬픈 나머지 정신을 놓은 건 아닌지 걱정된다. 슬픔의 소용돌이가 범구를 삼킨 후 누나를 덮칠까 봐 두려워진다.

91

누나는 자신에게 쏠리는 시선을 전혀 신경 쓰지 않는다. 마치 아무도 보이지 않는 것처럼 태연하게 탁자 쪽으로 걸어가더니 수화기를 들어서 귀에 갖다 댄다.

"할머니, 할머니 제 목소리 잘 들려요?"

누나가 작은 목소리로 묻는다. 할머니의 대답을 듣는 거처럼 잠시 멈춘 후 계속 말한다.

"범구가 며칠간 아무것도 안 먹었어요. 할머니."

아빠가 깜짝 놀라서 잠시 눈을 끔벅인다. 곧바로 수염 사이로 부드러운 미소를 짓는다.

"할머니가 뭐라고 하셨어?"

누나가 수화기를 내려놓으면서 말한다.

"범구 그럼 못 쓴다고 하셨어요. 그러면 할머니가 조금도 기쁘지 않다고 하셨어요."

엄마가 그제야 한숨을 내쉰다.

"그럼 어떻게 해야 할머니가 기뻐하실까?"

"범구가 계속 굶으면 안 돼요. 먹고 마시고 장난도 치고 그래야 할머니가 기뻐하셔요."

누나가 말했다. 예전부터 지금까지 누나가 이렇게 진지했던 적이 없었다.

92

곁눈질로 범구를 쳐다보니 녀석이 천천히 고개를 들어 올린다. 다리도 쭉 뻗는다. 슬픔이라는 구덩이에서 빠져나오려고 애써서 마음을 끌어 올리는 모습이 힘겨워 보인다. 범구가 두 귀를 쫑긋 세우고 신중하게 귀를 기울인다. 방 안에 떠다니는 소리를 파악하려고 집중하는 모습이 마치 어린아이가 공중에 두둥실 떠 있는 풍선을 잡으려고 안간힘을 쓰는 모습과 비슷해 보인다. 코코와 딱 붙어 서서 숨죽인 채 범구에게 시선을 고정했다. 아빠와 엄마도 탁상 위에 놓인 화분 뒤에 숨어서 조심스레 범구를 지켜본다. 범구를 걱정하는 분위기가 감돈다. 범구의 인생이 결정되는 정말 중요한 순간이다.

모두가 녀석을 지켜보며 안절부절못하는 중에 범구가 천천히 일어선다. 온종일 누워만 있던 녀석이 일어나고 있다. 그저 작은 강아지 한 마리가 일어서는 것뿐이다. 하지만 여러 날 동안 바위틈에 갇혔던 새싹이 밖으로 고개를 내미는 모습을 보기라도 한 듯이 모두가 범구의 노력을 기쁜 마음으로 반겨주고 있다.

93

범구는 전화 한 통 덕분에 살아났다. 정말 기적 같은 일이다. 며칠 후, 마실 나간 범구를 기다릴 때였다. 머뭇거리면서 코코에게 물었다.

"그날 누나는 할머니와 통화 했을까?"

"물론이지."

"할머니는 죽었잖아."

"베또!"

코코가 눈을 부릅뜨고 쏘아본다. 마치 내가 몹시 치명적인 실수라도 했다는 듯이 격양된 목소리로 말한다.

"너 벌써 다 까먹은 거야? 죽어도 다른 이의 기억 속에 남아 있다면 여전히 살아 있는 거야. 할머니도 마찬가지야."

"그래도…. 할머니는 말할 수 없잖아."

"맞아. 하지만 누나는 여전히 할머니의 말을 들을 수 있어."

전혀 이해가 안 된다. 어떻게 말 못 하는 사람의 말을 다른 사람이 들을 수 있는 건지 도통 모르겠다. 너무 어려워서 머리가 우지직 뒤틀리는 느낌이 든다. 인생 선배 코코의 말뜻이 아주 심오하다. 코코가 나를 조용히 쳐다본다. (생각하느라 정말 힘들었다.) 갑자기 코코가 감동한 목소리로 말한다.

"그럼 이렇게 하자. 나랑 노는 상황을 상상해봐."

"머릿속에서 놀자고?"

"응, 맞아!"

94

코코한테서 얼마 정도 멀리 떨어진 후 덩그러니 서서 주변에 아무도 없다는 사실을 확인했다. 그런 후, 긴장되는 마음으로 눈을 감고 조용히 코코에게 질문했다. (물론 머릿속에 있는 코코에게 말을 걸었다.)

"코코야, 내가 좋아하는 색깔이 뭔지 알아?"

깜짝 놀랐다. 머릿속에서 코코의 목소리가 울린다.

"흰색이지."

"깨끗해 보이는 색깔 이어서?"

"아니, 네가 가장 좋아하는 친구의 털 색깔이니까."

누군가 몰래 내 머릿속에 들어와서 스피커를 숨겨놓은 것 같다. 코코의 목소리가 윙윙거린다. 빼꼼히 눈을 떠서 확인했다. 코코가 서 있는 곳을 쳐다봤을 때 소스라치게 놀랐다. 코코는 여전히 먼 곳에 있었기 때문이다.

95

이제 믿는다. 그때 누나가 정말 할머니의 목소리를 들었다는 사실을 말이다. 코코의 말이 옳았다. 다른 이의 기억 속에 남아 있는 대상은 그의 모습뿐만 아니라 목소리와 태도도 살아있다.

머릿속에서 놀이해본 적 있어? 어떤 이를 실제로 마주할 때보다 머릿속에서 만날 때 그이를 더 생생하게 느낄 수 있다. 자유롭게 진솔한 대화를 나눌 수도 있다. 물론 내 말을 믿기 어렵지? 하지만 당신도 언젠가 머릿속 상상의 왕국을 알게 되면 내 말을 믿게 될 거다. 그곳에서는 주변 환경에 따라 예민하게 굴지 않아도 된다. 그리고 직설적으로 내뱉은 말을 뒷수습하려고 하지 않아도 된다. 솔직함의 경계를 한정 짓는 그물을 아주 넓게 무한히 펼칠 수 있다. 각 개인의 의견마다 호화찬란한 왕좌를 하나씩 차지할 수도 있다.

96

마침내 겨울이 봄에게 자리를 양보한다. 춥던 날들이 지나간다. 그런데 해가 거의 열흘 정도만 나타나서 날씨가 습해진다. 그래도 추위와 북동계절풍이 시퍼런 옷을 벗어 던져서 이전만큼 춥진 않다.

삼월 초가 되니 모든 것이 예전으로 돌아간다. 해가 한가롭게 구름 위를 걸어 다닌다. 푸른색들은 나뭇가지의 끄트머리에까지 푸르게 물들이는 시합을 벌인다. 꾀꼬리는 정원으로 돌아와서 노래한다.

누나가 내 옷과 코코의 옷을 옷장 맨바닥에 넣었다. 우리는 다시 사이좋게 누워서 장마가 지난 후 구름 사이로 나온 햇살을 바라보며 삶을 즐긴다. 이 평온한 느낌은 말로 다 형용할 수 없다.

97

누나가 나와 코코를 데리고 할머니를 만나러 간다. 근교에 있는 넓고 시원한 묘지에 증조할머니를 안장했다고 들었다. 그때 비로소 할머니가 계신 곳을 알 수 있었다. 할머니가 돌아가신 날에 우리 강아지들은 방 안에 갇혀있었기 때문이다. 할머니의 장례를 치르는 날이라서 다들 정신없이 바쁜데 우리 강아지들이 마구 돌아다니는 것이 신경 쓰였나 보다.

묘지 근처에는 나무가 정말 많다. 잎이 무성한 나뭇가지들이 서로 맞닿아서 푸른색 아치형 문을 만들었다. 융단 같은 잔디를 따라 펼쳐진 자갈길 위를 누나가 걸어가고 있다. 우리는 신나게 뛰면서 누나의 뒤를 따라갔다. 틈틈이 서서 길을 따라 피어난 꽃 냄새를 맡기도 했다. 할머니 묘는 다른 묘들과 함께 안쪽 깊숙한 곳에 자리하고 있었다. 수많은 묘가 네모반듯한 모양으로 정연하게 있다. 작은 집들이 구역을 나눠서 따닥따닥 들어서 있는 모습처럼 보인다. 거리마다 이름이 있다고 한다. 누나가 거리 이름을 말해준다.

"저기는 티쩐지아 거리고 우리는 지금 꼬라우 거리를 지나고 있어. 곧 반마이 거리에 도착할 거야."

98

티쩐지아 거리는 집들이 밀집한 곳이지만 분위기는 고요하다. 줄로 이어놓은 듯 서로 바싹 붙어있는 묘를 보면 아주 많은 도시 사람들이 이곳으로 이전해 왔음을 알게 된다.

수많은 사람이 묘지를 오간다. 누나와 우리도 할머니를 방문하러 여기에 들렀다. 어떤 할머니는 귀가 길쭉한 강아지 한 마리를 데리고 오셨다. 천진난만하게 뛰노는 저 강아지를 보니 여기에 많이 와본 녀석인 거 같다.

"할머니 집은 여기야. 화저이 길 26번지…."

누나가 작은 묘 앞에서 발걸음을 멈춘다. 나는 비석 위에 세워진 할머니의 영정사진을 바로 알아봤다. 할머니가 사진 속에서 나를 보며 미소를 지으신다. 할머니의 목소리가 들린다.

"베또야 잘 지내지?"

할머니의 목소리를 듣고 난 후 바로 답했다.

"네, 잘 지내고 있어요. 할머니."

묘 주변을 돌면서 여기저기 냄새를 맡는 코코를 힐끗 쳐다봤다.

"코코는 병치레했었지만, 지금은 건강하게 잘 지내고 있어요."

할머니 묘 아래에는 다양한 꽃이 심겨 있다. 장미, 카네이션, 만수국…. 초록색 커튼 같은 유홍초 덩굴까지 쪼그마한 꽃망울을 달고 할머니 비석 주변에 옹기종기 모여있다.

묘 주변을 깨끗이 정리한 후, 누나가 꽃밭에 난 잡초를 뽑는 일에 몰두하는 동안 코코랑 근처에서 장난치고 놀았다. 할머니의 새 거처는 우리 강아지에게 아주 환상적인 장소다. 우리는 서로 뒤를 쫓으면서 이곳을 아주 마음에 들어 했다. 아무리 뛰어다녀도 탁자 다리나 찬장 모퉁이에 머리를 부딪칠 걱정이 없었기 때문이다.

99

집에 돌아온 후 코코가 싱글벙글 웃으며 말한다.

"베또, 할머니는 여전히 우리와 함께 계셔."

"응."

나는 코코의 말에 바로 동의했다. 코코가 아주 열성적으로 말한다.

"우리는 아주 다양한 방법으로 살 수 있어."

"응."

역시 코코는 옳은 말만 한다.

"그리고 다양한 방법으로 죽을 수도 있어."

마음이 뒤숭숭해진다. 다양한 방법으로 살 수 있다는 것은 이해가 되지만, 아직 어떤 방법으로 죽을지 생각해본 적이 없기 때문이다.

"다양한 방법으로 죽는다고?"

"응. 사팔뜨기 노인처럼 말이야. 그 노인은 이미 오래전에 죽었잖아."

코코의 폭로를 듣고 너무 놀랐다.

"사팔뜨기 노인이 정말 죽었어?"

"살아 있어도 죽은 거와 마찬가지면 죽은 거지."

100

코코의 말을 듣고 무슨 의미인지 바로 이해했다. 내가 기억력이 짧은 강아지가 아닌데도 사팔뜨기 노인이 생각났던 적은 단 한 번도 없었다. 노인이 우리 동네에서 이사를 가고 난 후부터 노인의 존재를 완전히 잊고 있었다. 굳이 사팔뜨기 노인을 혐오하려고 다시 그 노인을 생각할 필요가 전혀 없었기 때문이다. 만약 사팔뜨기 노인이 증오할 만한 가치가 있는 대상이었더라면 적어도 노인의 존재가 잊히지는 않았을 거다.

지금 내 머릿속에 사팔뜨기 노인에 대한 어떤 감정도 없다.

즉 사팔뜨기 노인은 내 삶에서 완전히 벗어나 버렸다고 말할 수 있다. 그렇게 지내다가 방금 코코의 말을 듣고 난 후 사팔뜨기라 불렸던 노인이 있었다는 사실이 문득 생각났다.

101

'사팔뜨기'라는 단어는 어떤 사람의 이름이 아니다. 사팔뜨기 단어의 뜻은 '눈이 사시인 사람'이다. 세상에 태어나는 순간, 누구나 자신의 이름이 생긴다. 이름은 이 사람과 저 사람을 알아보는데 필요한 표시와 같다. 그래서 무명인을 '이름 없는 사람'이라 부르게 된다. 이름이 없다면 누군가의 머릿속에 남아 있지 않게 되고 다른 사람과 구분하기도 어렵게 된다. 무명인은 형태가 없는 희미한 덩어리일 뿐이다.

대다수의 이름이 부모님에 의해 지어졌다. 하지만 성실하게 노력한 자신의 삶으로 자기 이름이 좋은 향기가 되게 한다면 향기로운 이름이 널리 아름답게 퍼질 것이다. 분명 사팔뜨기 노인도 본인 이름이 있을 거다. 그러나 노인의 폭력성과 부모님이 지어주신 이름을 새카맣게 물들이는 만행들로 우리의 기억 속에서 노인의 이름이 완전히 지워져 버리게 되었다.

우리가 '사팔뜨기 노인'이라 부르는 말에는 어떤 세력, 다가오는 재난, 전염병 등의 내용만 담고 있을 뿐 어떤 사람을 부르는 말로 사용된 적이 없다. 이번에도 인생 선배 코코의 말이 백번 옳았다. 사팔뜨기 노인은 정말 죽은 사람이나 마찬가지였다.

102

사팔뜨기 노인을 일반적인 사람이라고 말할 수 없다. 성품이 그렇지 않기 때문이다. 반면에 우리 강아지는 일반적인 사람의 성품을 많이 닮았다. 당신의 손에 든 이 책을 이제 막 덮으려는 순간까지도 당신은 우리와 같은 생각을 하고 있을 거다. 강아지인 우리도 사랑하는 마음과 고마움을 확실하게 느낄 뿐만 아니라 자유도 갈망한다. 그리고 강아지도 자신의 이름이 있다는 건 실로 엄청난 일이다. 나는 코코를 쳐다보면서 모르는 척 물었다.

"야, 너 이름 뭐야?"

코코가 아연한 표정으로 나를 바라보면서 말한다.

"내 이름은 코코야."

내가 방금 새로운 놀이를 생각해낸 것을 코코가 얼른 알아차리고 내 어깨를 툭 친다.

"네 이름은 뭐야?"

"내 이름은 베또야."

내가 내 이름을 직접 말해본 적이 단 한 번도 없었다. 오늘 처음으로 내 이름을 말해본다. 내 입으로 내 이름을 말했다는 사실에 소스라치게 놀라면서 잠시 눈을 감고 귀를 기울여 어떤 소리에 집중했다. 아주 친근하면서도 들어본 적이 없는 소리가 귀 안에서 윙윙 울렸다. 이 놀이 엄청 재밌다.

머릿속에 있는 자신과 대화하는 놀이를 해보길 바란다. 그러면 당신의 마음속에서 부드럽고 날아갈 듯이 기쁘고 뿌듯한 감정이 새싹처럼 움트는 것을 느끼게 될 것이다. 부모님이 집 안 어딘가에 당신을 위한 선물을 꼭꼭 숨겨놓은 것처럼 이 놀이가 당신의 머릿속 모퉁이에 숨겨져 있던 '인생에서 재밌는 일'이 될 거라 확신한다. 당신도 꼭 이 놀이를 해보길 바란다. 그러면 삶의 의미가 더 풍성해지고 살아야 할 이유가 많아지며 삶이 이전보다 더 살만해질 거다. 정말로 인생 선배 코코가 그렇게 말했다.

2007년 4월 4일 호치민 시(市)에서.

작가 소개

베트남에서의 황선미 작가라 불려도 과언이 아닐 정도로 유명한 청소년소설 작가 응우옌녓아인(Nguyễn Nhật Ánh)을 모르는 베트남 사람은 없을 것이다. 교사이자 시인, 칼럼니스트로도 활발히 활동 중인 작가는 100여 점의 청소년성장소설을 출간하였고 2009년 베트남작가협회상, 2010년 동남아시아 지역 최고 권위의 문학상인 아세안(ASEAN) 문학상을 받았다. 국내에서는 작가의 대표작인 『어린 시절로 가는 티켓』(다산북스, 2013) 소설로 소개된 적이 있다.

『Tôi là Bêtô (내 이름은 베또)』 베트남 원작 소설을 번역하면서

정예강

이 작품은 어느 가정에 입양된 주인공 강아지가 서술하는 소설로 청소년과 같은 시각을 가진 강아지의 생각을 들여다보는 단편소설이다. 주인공 강아지인 베또는 호기심이 많고 장난치기 좋아하는 청소년의 모습을 대변한다.

사고뭉치 베또는 자신을 입양해준 가족의 사랑에 여느 강아지처럼 반응한다. 그리고 자신보다 유식한 친구인 코코를 만나 서로 대화를 나누며 성숙해져 간다. 생명의 관점에서 벗어나 진정으로 살아 있는 존재와 죽은 존재가 어떤 것인지를 베또 자신의 경험으로 설명한다. 끝으로 향기 있는 이름의 소중함을 언급하며 인생 선배를 만난 듯한 감동적인 여운을 남긴다.

이 소설은 청소년기에 받아들이기 힘든 인간의 사실적 죽음을 어떻게 받아들여야 할지에 대한 답도 담고 있다. 귀여운 반려견인 주인공 강아지 베또의 서술을 따라가면 청소년의 마음과 생각을 이해하고 베트남과 한국 양국의 문화차이를 넘어 삶에 대해 소통하는 데 큰 도움을 얻을 수 있을 거로 확신한다.

이 책을 통해 머릿속에서 베또와 놀이하는 당신과 나는 각자의 삶 속에서 베또를 만나게 되었다. 나는 부산외국어대학교에서 베또를 만났다. 베트남과 베트남 사람들에 대한 이해와 배려를

몸소 보여주시고 학문의 즐거움을 전파해주신 은사 배양수 교수님께 대학원 석사 과정까지 배우게 되면서 학술번역을 하게 되어 베또와의 인연 첫 계단을 세우게 되었다.

베트남에서 태어난 베또를 한국으로 데려오는 긴 시간을 혼자서는 감당하지 못했을 거다. 부산외국어대학교 교환학생 과정 중에 만난 베트남 친구와의 10년간 우정이 오늘의 성과를 이루어낸 것이라 해도 과언이 아니다. 책을 번역하면서 베또처럼 부족한 나에게 코코처럼 현명한 친구 쩐티토아(Trần Thị Thoa)가 있어서 감사했다.

위의 두 계단만으로는 당신에게 다가갈 수 없었다. 가장 중요한 마지막 계단을 위해 아낌없이 정보와 귀한 시간을 내주시고 도서 출판이라는 신세계로 이끌어주신 부산외국어대학교 김도훈 교수님께도 많이 감사드린다.

이렇게 3개의 계단을 올라온 후 당신을 글로 만나게 되었다. 우리의 공통점은 머릿속에서 베또와 놀 수 있다는 것이다. 두 마리가 항상 같이 다녀서 코코와도 대화를 할 수 있겠다. 내 머릿속 집에 귀여운 반려견 두 마리를 입양하게 해준 응우옌녓아인(Nguyễn Nhật Ánh) 작가께도 감사하다. 베트남 작품 번역과의 인연도 정말 소중하다. 계단을 차곡차곡 쌓은 후 올라가는 재미를 계속 누리면서 더 많은 작품 속 인물로 머릿속을 채워나갈 것이다.

누나랑 범구가 나를 찾고 있대.
코코랑 찬장 아래에 들어가서 숨어야겠어!
기다릴게~ 전자책에서 만나! 🐾

내 이름은 베또

발행 2022년 2월 18일

지 은 이 응우옌녓아인
옮 긴 이 정예강
그 린 이 도황뜨엉
펴 낸 이 이은경
총   괄 김도훈
편   집 정예강
마 케 팅 정예강

펴 낸 곳 59분(오십구분북스)
출판등록 제2020-000315호 2020년 11월 9일
주   소 서울특별시 강남구 개포로 623, 4층 420호(개포동, 대청타워)
연 락 처 010-5288-0637
이 메 일 mimidodddy@gmail.com

ISBN 979-11-977182-5-0 03830

본 컨텐츠는 문화체육관광부와 한국출판회의의 KoPub서체,
빙그레의 빙그레싸만코체를 사용하고 있습니다.